KALBİN ANAHTARI 2

RUHUNA DOKUN

AŞKIM KAPIŞMAK

Kalbin Anahtarı 2 / *Aşkım Kapışmak*

Yayıncı ve Matbaa Sertifika No: 10614

Genel yayın yönetmeni Senem Davis
Yayınevi baş editörü Ahmet Bozkurt
Editör Silya Zengilli - Burcu Bilir
Kapak tasarım Engin Beyter
Sayfa tasarım Yasemin Çatal

ISBN: 978-975-10-3582-0

15 16 17 18 5 4 3 2 1
İstanbul, 2015

Baskı ve Cilt
İnkılâp Kitabevi Yayın Sanayi ve Ticaret AŞ
Çobançeşme Mah. Sanayi Cad. Altay Sk. No. 8
34196 Yenibosna - İstanbul
Tel : (0212) 496 11 11 (Pbx)

İNKILÂP Kitabevi Yayın Sanayi ve Ticaret AŞ
Çobançeşme Mah. Sanayi Cad. Altay Sk. No. 8
34196 Yenibosna - İstanbul
Tel : (0212) 496 11 11 (Pbx)
Faks : (0212) 496 11 12
posta@inkilap.com
www.inkilap.com

KALBİN ANAHTARI 2

RUHUNA DOKUN

Aşkım Kapışmak

İNKILÂP

Aşkım Kapışmak

Aşkım Kapışmak, 1979 yılında İstanbul'da doğdu. On iki yaşındayken Arif Sağ Müzik Evi'nde konservatuvar eğitimi aldı. Liseden sonra Marmara Üniversitesi Teknik Bilimler Meslek Yüksekokulu'na girdi. Marmara Üniversitesi'ndeki eğitiminden sonra Amerikan Üniversitesi Newport'ta Davranış Bilimleri-Psikoloji lisansını tamamladı. Türkmax'ta 2011-2012 sezonunda 'Buyrun Paylaşalım' adlı programı hafta içi her gün canlı olarak hazırladı ve sundu.

2012 yaz sezonunda Star TV'de 'Ayşe ile Alişan' programında her cuma 'İletişim ve İlişkiler' bölümünü hazırladı.

Show TV'de 'Simge Fıstıkoğlu ile Yeni 1 Gün' programında iletişim bölümünü hazırlayıp sundu. Kapışmak, Sadri Alışık Kültür Merkezi'nde iletişim hocalığına devam ediyor.

Türkiye genelinde çeşitli kurum ve kuruluşlara iletişim seminerleri vermektedir.

İnkılâp Kitabevi'nden çıkan diğer kitapları:
Kadınlar Sağdan Erkekler Soldan
Küçük Mutluluklar Kitabı
Terzi
Carpe Diem
Dolce Vita
Beni Benimle Aldatır mısın?
Hangi Anne Hangi Babasınız?
Aşkımın Beden Dili
Kalbin Anahtarı 1

Teşekkür

Kalbin Anahtarı'nı yazarken bir seriye dönüşeceğini biliyorduk. Siz okuyucularımla olan etkileşimim sayesinde kalbime ne geliyorsa aktarmaya devam ediyorum. Öncelikle sizleredir teşekkürüm. Hepsi sayenizde... *Kalbin Anahtarı* yolculuğumda yanımda olan ve ileride ismini birçok yerde sık sık duyacağınız Eğitim Uzmanı Emre Baştürk'e çok teşekkür ederim. Onunla sohbet, onunla yazmak, onunla tartışmak ve onunla kavram sohbeti yapmak çok iyi geldi bu kitaba. Aşkım Kapışmak Akademi'deki ailem, yani ekip arkadaşlarım Serkan Kapışmak, Zafer Balkaya, Abdullah Özkarslı, Tuncay Demirdağ, Beytullah Özmen'e teşekkürler. Onların sinerjisi kamçıladı beni. Ortağım, yol arkadaşım Ali İlhan'a teşekkür ederim. Akademi onun vizyonu sayesinde oluştu. İnkılâp ailesine sonsuz teşekkürler. Beni ve içimdekileri size en yakın, el değmemiş haliyle ulaştırdıkları için, yanımda oldukları için. Sevgili aileme, anneme ve babama... Allah sizi korusun. Annemin önemi büyük çünkü yazma gücüm annemden geliyor. Kendisi tüm duygularını yazardı hep. Bizimle iletişim kurma şeklinden biriydi yazmak; onun da kalemi çok iyidir. Kardeşlerim Serhat ve Dilara, abim ve yol arkadaşım Serkan sizi seviyorum. Hem dostum hem avukatım Ayşegül Mermer, hep destektin; sağ ol. Manevi desteğini esirgemeyen arkadaşım Sertaç Yaman'a, ekibimizden ve canımızdan olan psikolog arkadaşlarım Elif ve Serap'a teşekkürler. Evimize yeni gelen ve bize daha çok enerji veren kedimize, Paşa'mıza... Ve siz okurlarıma, sevenlerime, sevdiklerime... Allah sizlere sağlık, afiyet, başarı ve mücadele ruhu versin. İyi ki varsınız. Yukarıda yazdığım herkesi ve her şeyi nasip eden Rabbime sonsuz şükürler olsun.

Teşekkürler...

Giriş

Benim tek terapistimsin sen...

İnsanlara ağzımdan çıkanları veriyorum kelime kelime ama içimde kalanları sadece sen biliyorsun.

Gözyaşlarım başkasının taşıyabileceği kadar aktı hep. Ama sellerimi sana akıtıyorum insanların kör anlarında hep.

Dikenli bu hayatın yatakları, yastığı kaz tüyü, hissi akbaba. Sıkıyor bu hayatın elbiseleri, eşyaları ama hepsinin içinde sensin huzurum.

Çözemediğim acıları sana bırakmanın hissini yazamıyor kalemim, konuşamıyor dilim.

İsmin terapim, isimlerin tedavim hep.

Önünde eğilmek için yanlışlar yapıyorum inan.

Her yanlışım doğrularım kadar sana getiriyor.

Seni uzaklaştıran yüzlercesi çıktı karşıma, ne bileyim iyidirler dedim ama sana gelmek için acı vermeleri gerekiyormuş, sağ olsunlar ama onlar da seni bulsun inşallah.

Ülkeleri fetheden sana yalvarmış, aşkları bulan da, sevdiğini kaybeden de sana gelmiş, kazanan da.

Kendime çok kızdım zamanında, acaba kendim için mi seviyorum seni diye.

Büyüdükçe anlıyor insan, asıl sen her şey için sevilensin.

Bazen düşünmedim değil bu dünyanın meyvesi sebzesi,

ilmi irfanı, aklı duygusu, eşyası her şeyi geçip gidiyor. Hiçbiri benle ölmeyecekmiş.

Ben doğarken de, ben ölürken de yanımda sen varsın ya.
İşte tek dostum, tek ailem, tek kalbim sensin.
Bana hediye ettiğin insanları da seviyorum.
Ama onlara bakınca da sen geliyorsun aklıma.
Sen istiyorsun ya seni unutmamı...
Anladım ki senin değil benim ihtiyacım varmış seni anmaya.
O da benim içinmiş.
Bazen benim için yaptıklarına bakıyorum,
Değer miyim, değer miyiz diye...
Sen vermişsin değeri, değil mi?
Değerliyim diye...
Teşekkür ederim...
Senin mükemmel yarattığın ben,
Elimden geleni yapamıyorum.
Hep yaptığımı sanıyorum...
Bir şey sormak istiyorum. Herkesi nasıl bu kadar sevebiliyorsun?
Aklım almıyor... Aklım almıyor...
Sana hayranlığım burada başlıyor.
Seni kalbimde yaşıyorum başkası görmeden,
Biliyorum ki bedenimi toprak, ruhumu sen alacaksın.
Sen ruhu verensin Allahım...
Burada baktığın gibi yanında da koru.
Toprağın emeceği bedenim yaşlanıyor...
Ama bir his var içimde ruhum gençleşiyor.
Yanından gelen ruhum yanına geliyor.
İşte o an yaşam bir yana ölüm bir yana kayıyor.

Geçici ayrılıkların buluşma noktası bu dünyada ölüm,
ama yanında kavuşma oluyor.
Seni seviyorum Allahım...
İzin verdiğin için ruhuma,
Sonsuz teşekkürler...

Bir adım daha yaklaş
gerçeğine.. Huzur mu
aradığın, biraz sabret,
acısa da canın bu
süreçten geçeceksin
bir kere, yeter ki
umudunu yitirme...

Sarmal Süreçler

Başlıyorsun... Adım attıkça uzaklaştığını sanıyorsun, yanılıyorsun oysa her adımında kendine değil gerçeğe yakınlaşıyorsun. İçinden ne kadar gelmese de, ne kadar hoşuna gitmese de uzun vadede huzur buluyorsun. Kendi istediklerini yaptın, yine de mutlu olamadığını düşünüyorsun, şimdi ise canın acıya acıya bu süreçten geçiyorsun.

Hiç böyle olmayacağını düşünmüştün, oysaki bizim yanılgımızdır; tam anlamıyla nereden bilebiliriz ki yaşadıklarımızın bize ne hissettireceğini. İlla ki bir hayal kırıklığı mı, yoksa hayalinden daha da öte bir hayat mı?

Umudunu yarınlara bırakırsın hep, sarmalın içinden çıkmaya çalıştıkça doğruya yanlışlarla da ulaşabileceğini sanırsın. Ama yanılır ve yanıltırsın. İki taraflı bir sancı yaşarsın sürekli.

Kalbinle mantığının çatışmaya başlamasından sonra yanlışlarına bir nebze de olsun ket vuramazsan, yanlışlarınla yüzleşmek yerine duygularını mantığınla bastırmaya çalışırsın. Oysaki sen bastırdıkça o çatışmayı daha da güçlendirirsin.

Yanlış seçimlerin
yüzünden başkalarını
suçlamayı bırak!
Hatalarını kabullen..
İşte o zaman güçlü bir
adım atmış olursun...

İrade ile Dans

Yanlış seçimlerden sonra hep başkasını suçlar olursun, oysaki doğruyu yapman veya yapmaman iradenle senin aranda bir süreç.

Hata yaptım kelimesini kullanamazsın, kendini temize çıkarmakla uğraşırsın. Uzun cümleler kurmaya çalışırsın ki ne kadar fazla detaylı anlatırsam o kadar ikna ederim dersin önce, sonra sana hak verilmesini beklersin.

Ancak ilk başta kendinden uzaklaşırsın ve zamanla sana yakın olanları kendinden uzaklaştırırsın. Oysaki yapman gereken sadece iki kelime ve bir soruydu aslında; hata yaptım ve bu hatayı nasıl düzeltebilirim?

Sen hatalarınla insan olduğunu gösterirsin aslında, kendinle ve hayatla uyum sürecinde bu düşünce ile, yani sade bir insan olduğunu anladığın zaman güçlü bir adım atmış olursun.

Her an yüzleşmeye
hazır ol
kendinle.. Anlık
yanılsamalarından
kurtul...

Anlık Yanılsamalar

Yeni bir hayat açılır her an önüne; adımlarını attıktan sonra, bazen anlık bir rahatlama ve neşe hali yayılır içinde ve seninle birlikte de etrafa yayılır... Artık her şey daha farklı olacaktır, o üzgün kişi gider ve hayatın tüm zorluklarına katlanabilecek bir kişiymiş gibi yaşayacağını zannedersin.

Mutluyken söz vermeye benzer bu, sürekli sözlerini tutacağını zannedersin, oysaki zanların seni şimdiye kadar yanıltan ve hayal kırıklığına neden olan bir hal almadı mı?

Yanılsamalarından sonra yüzleşmeye başlarsın artık. O uçarı halin gider, depresif bir ruh haline bürünürsün, söylediklerin büyür içinde, çıkış yolu bulamadıkça daha da büyütürsün farkında olmadan.

İmtihana mı
uğrayansın, yoksa
başkalarının imtihanı
mı oluyorsun şu
hayatta?

Karşılıklı Ayna

Çevrene bir bak; ne ile ve hangi durumlarda mutlu insanlar, yoksa mutlu gibi mi görünüyorlar.

Bir tek sorunları sen mi yaşıyorsun, yoksa tüm sorular herkesin zihninde asılı mı duruyor bir buz kristali gibi...

Sen misin bir tek üzülen, aldatılan, umudu söndürülen? Seni gören insanlar da senin için aynı şeyi düşünüyor olabilir mi?

Sen hayatta şuna dikkat etmekle geçir ömrünü, elbette herkes kendine göre sorunlar yaşıyor; ancak sen daha fazla imtihana mı uğrayansın, yoksa başka insanların imtihanı mı oluyorsun?

Duygularına izin
ver.. Bir kez olsun
kendini sevmeye ve
sevilmeye bırak!

Yanılgı

Umudun kırılmamıştı hiç, ailen ve akrabalarından sonra güvendiğin insanlar çıkmıştı hep karşına.

Mutluluk basamaklarını teker teker çıkıyordun. Mantığınla her şeyi çözebildiğine inanırdın. Duyguların farkında olmasan da seni rahatsız etti her zaman, bir türlü bırakamadın kendini sevmeye ve sevilmeye...

Mantığınla çözülemeyen ve bir izah bulamadığın her şeyde sıkıntı çekerdin. Nasıl olur da gerekeni düşünememiştin? Tek başarısızlığındı belki de bu sana göre... Oysaki kısa vadede güçlendin gibi hissettirdi bu gereklilikler seni.

Hep iyi olacak diye sandığın ve önceden zihninde kurguladığın dakikalar geçmez oldu artık, zaman genişlemeye başladı en sıkıntılı zamanlarda olduğu gibi. Sen de yaşadın ve yaşıyorsun aslında şu anda, ancak yine kimseye belli etmeden ve söylemeden, kendini güçlü göstermeye çalışarak.

Hayat uzun bir
yolculuk, seni
bekleyense yeni
rotalar, yeni duraklar...

Uzun Yolculuk

"Kendimden çıktım yola, bir yere varamadım" mısralarını söylemeye başlarsın hiç ummadığın bir anda ara bir sokakta...

Yoldasındır sürekli; hayattaki beklentin hep bir yere varmak ve orada durup rahat etmektir; ancak vardıktan sonra sürekli değişir duraklar, kendine yeni rotalar çizersin içinden gelmese de, hayat seni zorlar buna.

Aynı yerlerden bu sefer farklı düşünceler ile geçtiğinde bir önceki halinle şu anki halini karşılaştırırsın, kazanımlarına göre ya şükredersin haline ya da pişmanlıklarla geçmişe dair yakınmalarını arttırarak devam edersin...

Yüzündeki çizgilerden anlaşılır ne kadar fazla yol yaptığın ve nelerle karşılaştığın; gözlerinden okunur o yolculukta kendine ne kadar yakınlaştığın ve ne kadar kendini tanımaya çalıştığın.

Oysaki bu yolculuklara kendini tanımanın yaşamı tanımak olduğunu anlayarak devam edersin...

Kendine sorular
sorup durmayı bırak…
Yenilenmeye bak!

Kendinle Uğraşmak

Akışına bırakmaya çalışırsın, ancak benliğin hep seni tam olacak dediğin yerlerde durdurur; istediğin olmamıştır, istediğin olduğu sürece mutlu olacağını sanmışsındır.

Oysaki bu kadar çok sınırları çizmek kişiye başta mantıklı gibi görünse de kendini daraltır düşünce olarak.

Vardım mı varamadım mı, oldu mu olmadı mı, acaba olacak mı yoksa böyle olmasa daha mı iyi olurdu soruları ve cevapları olmayan soruları sordukça yorarsın kendini.

Önemli olan, yolda olduğunu düşünmek ve acaba hakkını verebiliyor muyum diye kendini sürekli öğrenme ve yenileme düşüncesinde bulmak değil midir?

Nerede, nasıl
durduğun değil
önemli olan, unutma.

İki Ayrı Hayat

Soruna çözüm bulmak mı, yoksa çözümün sorunu olmak mı, hep bu iki durumda sallanır gider insan.

Kimi zaman farkında değildir hangi durumda nerede durduğunun, kimi zaman ise bilinçli olarak yapar, üzer karşısındakini, üzdükçe zevk alır, kendini bir başkasının gözünden görmektir sadece amacı; iyi ve kötü fark etmez.

Kimi ise kendi hayatını kurmuştur çoktan kendi içinde; başkalarının düşüncelerinde ve bakışlarında var olmaya çalışmaz, sadece bir gözlemci ve seyirci olur o bakışlar.

Sen o kişinin arkasında durmasan da olur yanında dursan yeterlidir aslında. Hangi makama sahip olduğun önemli değildir onun için, kapılar ve kalplerin insanların elinde olmadığını, sadece birer vesile olduklarını unutmamıştır ve kendine sürekli hatırlatıyordur...

Gün gelir bir anın bir
anını tutmaz olur,
doğruyu yanlışı ayırt
edemezsin. Bedenin
ise uyarı vermeye
başlar hatırlatmak
için kendini sana.

Zamansızlığın Hissi

Meşguliyetlerini önceliklerinin önüne aldıkça, hayatta yapmaman gerekenler konusunda ertelemelerin de artıyor.

Hep bir yerlere yetişecek gibisin ama bir türlü olmuyor, ne tamamlanmış hissediyorsun kendini ne de ruhunu dinlendirmiş.

Sürekli hareket halindesin ama sonunda hep eksik ve yarım hissediyorsun kendini, kimseye söyleyemediklerini ve yüzleşemediklerini yaptığın işlerle veya makamından elde ettiğin güçle çözeceğini zannediyorsun.

Bedenin artık uyarı vermeye başlıyor hatırlatmak için kendini sana, ruhun ve vicdanın uzun zamandır feryat halinde, bir anın bir anını tutmamaya başlıyor, kararlar almaya çalışıyorsun ancak doğruyu yanlışı ayırt edemez oluyorsun.

Umutsuzca geçmişe
bakar bulursun
kendini, ama
gün gelir sabırla
beklemeyi de
öğrenirsin.

Tükenmez Kalem

Yardıma ihtiyacın olduğu anlar olmuştu; her şeyin tükenip bittiğini ve yolun sonuna geldiğini sandığın.

Güvendiğin tüm insanlar bir anda kaybolmuş gibi gelir, yaşananlar ve günler artık sadece bir köşede asılı duran bir tablo gibidir, ne sıcak ne de soğuk, duygusuz birer anlar bütünüdür.

Siyah beyaz yaşarsın artık hayatını, şaşkınlıklarını gizlemeye çalışırsın, sert görünürsün kimi zaman da, yanına kâr kalmayan hesapların içindesin diye hayıflanırsın aniden.

Geçmişe ve geleceğe bakarsın umutsuzca, işte o anda gösterilen irade güçlendirir insanı; en zor zamanında, kimsenin sana ne zarar, ne fayda vereceği bir anda, sadece Allah'tan sabırla iste...

Oyalar durur hiç
bitmeyecekmiş gibi
yaşanacak hayaller.
Gerçeklerle ne
zaman yüzleşmeye
başlarsın, işte o
zaman anlarsın nasıl
sevmen gerektiğini.

Huzurlu Yüzleşme

Elveda cümlelerini duydun hep şimdiye kadar, sana yaşatılanların hesabını yapıp durdun. Süreçler bir yerde tıkandı ve ileriye gitmedi, sen ne kadar istesen de. O an sanki hayat bitti gibi zannederdin.

İlk defa, yaşadıklarından sonra daha farklı bir noktadasın, güçlendirdi seni ummadıkların, dikenlerle kaplı bir gül bahçesinden hep güllerin sana, dikenlerin ise başkasına olduğunu zannederdin.

Oysaki yanıltmıştı yine seni dünya hayatı, oyalamıştı yine seni hiç bitmeyecekmiş gibi yaşanacak hayaller. Gerçeklerle yüzleşmeye başladığın andan itibaren artık gülün dikensiz olamayacağını ve bu şekilde sevmen gerektiğini anladın.

Artık korkmadan gülleri ellerinin arasına alıp ufak çizikler de meydana gelse kokusunu ve duruşunu daha da önemsemeye başladın.

Yangına su ile mi
gidiyorsun, yoksa
sırtına yüklediğin
odunlarla mı?

Seçimler ve Düşünce

Geleceğe sürekli başına geleceğini zannettiğin kötü şeyleri düşünüp endişe ile mi bakıyorsun, yoksa akışın içerisinden hem hayatını seyreden hem de iradesiyle müdahil olabilen bir insan olarak mı?

İşte insan burada soruyor kendine, iradem nereye kadar etkili? Öncelikle kendine bir pay çıkarmaya çalışıyor nefsin, kendine farklı bir yer edinmeye çalışıyor, hangi yeri verirsen ver kabullenemiyor daha da fazlasını istiyor ardından, zannediyor ve zannettiriyor sana.

Oysaki ünlü heykeltıraş Michelangelo mermerden at heykeli yaparken çok güzel özetliyor hayatı küçük bir kızın sorusuyla:

"Amca, nereden biliyordun bu atın bu mermerin içinde olduğunu?" O da düşünüyor ve diyor ki: "Aslında hayatta olması gereken her şey var, sadece bizler ortaya çıkarmak için vesile oluyoruz..."

Hayata bir şeyler
kat, almayı bir kez
olsun bırak...

Yoldayken Kaybedilenler

Hayat inişler ve çıkışlar gibi görünür insana daima, hep kazanma veya sürekli kaybetme duygusuyla.

Elde edilemeyen ve somutlaştıramadıklarımızın kazanç olamayacağını düşünürüz, kazanmak için zamanımız ve sabrımız kalmamıştır.

Sürekli hızlanmak zorunda gibi hissederiz kendimizi, oysaki çoğu zaman kaybedişlerimizdir hayata tekrar tutunmamıza neden olan ve bizi hayat ile ilgili düşüncelere sevk eden.

Çoğu zaman kazandıklarımız bizi rehavete sokar; artık her şeyi hak ediyoruz duygusuyla hayata artık eskisi gibi bir şey katma amacıyla değil de, bir şeyler alma arzusuyla bakarız.

Kendimizi artık hak eden boyutuna geçirdiğimizde, hak etmediğimiz sürece bize verilmiyordur duygusu pekişir; oysa hak etme duygusu başka, hak etmek için çalışmak başkadır; süreçlere değil de sonuçlara odaklandığımızda problemler ve çözümsüzlükler bizimle başlar.

Yanlışlar her zaman
çekici gelir insana,
ama unutma ki
kendini hüsrana
atarsın.

Gözlerdeki Hüzün

Serzenişler yankılanır odanın dört bir tarafında. Yalnızca sen yaşıyorsundur bu acıları, hiç kimse seni anlamamıştır, hiç anlaşılamayacaksındır, umutsuzluk çöreklenmiştir benliğine. Oturduğu zaman kalkıp gitmeyen ve sürekli lafı uzatan misafir gibi hissedersin yaşadıklarını.

Umudun kapısını aralayamazsın, korkarsın çünkü aydınlıktan, uzun süre karanlıkta kaldığın için gözlerin kamaşır en başta, uzun süre dayanamayacağını düşünürsün.

Kötü alışkanlıklara yöneldiğin zaman sadece seni iyiye sevk eden davranışları ne kadar çok fıtratın istese de; uzun süre üzerini kapattığın için karanlıklarlada sıkıntı çekersin.

Yanlış yapmak hem daha kolay hem de kısa vadede hazlarına hitap ettiği için çekici gelir, ancak kendini uzun vadeli hüsrana atarsın. Bu hazları sürekli duymak ve yaşamak için eskisinden daha sık aralıklarla ve kötü şeyler yaşarsın ki, gerçekliği hissetme.

İncinmek istemeyiz,
örselenmek de;
eleştirilmekten
yılandan kaçar gibi
kaçarız.

Olması Gereken

Yaşadıklarından hep bir anlam çıkarmaya çalışırsın, başına gelen ve kötü olarak adlandırdığın olaylarda ise şok etkisini atlattıktan sonra sanki yaşadıklarının bir anlamı yokmuş gibi gelir sana.

Oysaki uzun vadede yaşadıklarına baktığında bir yapbozun parçası gibidir yaşadıkların –ki tam oturmaktadır.

Ancak nefsimiz bunu kabullenemez en başta, alttan alta fısıldar hazlarını tetiklemek için.

Korkularımızla yüzleşmek çoğu zaman hayatın sonu gibi gelir; ölümler, terk edişler, işten ayrılmalar, okuduğun kitabın bitmesi ile hep bu duyguları yaşarsın, sorunu hep dışarılarda aramaya alıştığın için ise bu yaşananlara karşı kendi düşünce sistemini değil de dışarıyı düzeltmeye çalışırsın.

Etki alanın dışında uğraşların olur, oysaki ihtiyaçlarını karşılamak için uzattığın elin bile kolunun mesafesi kadar uzanırken, bu yetersizlikle her şeyi çözebileceğini zannedersin…

Sanal bir kalabalığın
içindesin ama yalnız.
Farkında bile değilsin
yalnızlığının. Telefonunun
şarj süresi kadar hayattasın
aslında ama görmüyorsun.

Yalnızlıktan Kaçış

Yalnızlığa sürekli çareler arar insan, eve gelince radyonun sesini açar, telefonunu elinden bırakamaz, kendini oyalar, her şeyi bir kaçış olarak kullanır.

Neden insan bu düşüncelere kapılır, kaçtıkça bulacağını zanneder veya hissetmeyeceği sürece yoktur gibi bir algıya bürünür.

Çağımızda bize modernite diye sunulan birçok şeyin altında yatıyor aslında çözümsüz hale gelmemiz...

Biz de maddi ve manevi tüm kaynaklarımızı bu uğurda harcıyoruz farkında olmadan. Araç olarak göremediğimizdeyse, eşyaları yöneten değil onlar tarafından yönetilen oluyoruz.

Zaman planlamamızı ve kariyerimizi bile eşyaların eline veriyoruz, şarj süresi kadar dışarıda ve yürüyüşteyim; beğenildiğim kadar onaylanıyorum; arkadaş sayım kadar kalabalığım, çevrimiçi olduğum sürece hayata katılıyorum...

Sen elinden geleni
yap, sonra hayırlısı
de ki sorun yaşama.

Akışına Bırakmak

Umutların tükendiği, artık her şey son buldu dediğin anda değişir aslında her şey, ilk önce senin düşüncelerinde değişiklikler başlar.

Eşyalardan ve insanlardan beklentini en aza indirince, mutluluk ve mutsuzluk kaynaklarının günlük moda akımlarına göre değil de; değişmeyen ve değişmeyecek olan seni iki dünyada mutlu edecek ve sorularına cevap olacak bir yaşamda bulabileceğine inandığında; kapılar açılmaya başlar önce zihninde, ardından hayatında kilitler çözülmeye başlar.

Egonu kontrol edemediğinde; elinden geleni yaptıktan sonra hayırlısı diyemediğinde problem yaşamaya devam edersin.

Uzun vadeli planlarda boğarken kendini, yaşadığın anda yapman gerekeni yapmadan yapacaklarına sevdalanırsın, ilerideki hayali âlemde yaşarken gerçek yaşamdaki etki alanından uzaklaşırsın, sadece ilgi alanlarında oyalarsın kendini.

Her istediğine sahip
mi olmak istiyorsun?
Önce elinden geleni
yap ki hak ettiğini al.

Kendinden Başlayan Süreç

İnsan geçmişi ve geleceği içerisinde problemlerle boğuşan; keşke ve endişeleriyle; evhamları ve tedirginlikleriyle pişmanlıkları geçmeyen bir varlık.

Kendisine yapıyor ne yapıyorsa, bunun farkında bile değil, yaşadığı anın hakkını veremeden korkular cumhuriyeti kuruyor düşüncelerinde ve kendisi de o filmin başrolünde.

Olmayan şeylerin peşinden gitmeye çalışıyor ve bilemediklerinden korktukça; korktuğu şeylerin başına gelebileceği ortamlar oluşturmaya başlıyor, kendisine nedenler üretiyor sürekli ve hak veriyor her zaman düşüncelerine.

Yargıları pekiştire pekiştire kendi ile ilgili bir inanca dönüşüyor düşünceleri, dönüştükçe kendisini dönüştürüyor, olumsuz duyguların hepsini sırtına yüklemiş de ezilmiş gibi yaşıyor ve durduğu yerden tekrar hareket edemez hale geliyor.

En yakınlarına bile bir sözü geçmezken, öncelikle kendisine anlatmakta olduğunu unutuyor. Kendisini ikna ettikçe, kendisini değiştirdiği sürece insanların da onu görerek imreneceğini düşünmeden yaşıyor; elinden geleni yapmadan sahip olmak istiyor.

İki tip insan vardır:
Ya kendinden değerli
ya da kendinden
değersiz.

En Uzağa En Yakın

En yakınındakilerden başlıyor insan en acıtıcı sözleri söylemeye.

Hiç kimseye söyleyemediklerimizi ve biriktirdiklerimizi en yakınımıza boca ederiz çoğu zaman.

Kaygımız para, mevki makam olmaya başladıkça, en yakınlarımızın somut olarak bize değer veremediğini düşünürüz.

Soyut anlamda yakınların kadar seni sevemeyecek ve şefkat gösteremeyecek nesnelere ve unvanlara takılır kalırız, umudumuzu gelecekte muhtemel olan bir terfi e-postasına bağlamışızdır veya ay sonu satışlarımızın yükselmesine.

Sahici olmayan ilişkiler kurmaya başlıyoruz bu sefer, çünkü gerçek ve uzun vadeli ilişkiler emek ve fedakârlık istiyor, hiç canımız acısın istemiyoruz, öncelikli olarak kendi nefsimizi seviyoruz, önce kendimizi düşünüyoruz, tüm noktaları kendi doğrularımız üzerinden geçsin diye çizmeye çalışıyoruz.

Ne zamanki en yakınımızdan en uzağımıza karşımızdaki insan için daha da iyisini istemeye başlarız, işte o zaman bilgece ve aşkın bir düşünce sistemine girmeye başlarız, yaşadıkça yaşatırız...

Aydınlık sabahlara
yelken açar kimileri,
kimileri ise karanlığın
en zifiri noktasında
zanneder kendini.

Aynı Anda Farklı Pencereler

Yaşam devam eder her şekilde; kimine göre umutlu bir an kimine göre zaman geçmek bilmez sıkılmaktan.

Aynı anda yaşanır aslında her şey, kimi zaman başına gelmez zannedersin mutluyken kötülüklerin, kimi zaman ise hiç iyi olmayacakmışsın gibi düşünürsün.

Kimileri ise hep arada kalıp sıkışmıştır kararlarında, kafası karışıktır sürekli, bir türlü adım atamaz, bu düşüncelerle aynı otobüste yolculuk yaparız bazen birlikte; bazen de ayrı odalarda aynı evde yaşarız.

Her anı herkes ile birlikte yaşarken farklı duygular barındırırız, kimi zaman kaybedişlerimiz o an için başkasının kazancıdır ve bizim kazancımızdır başkasının kaybedişi; burada bir rekabet yoktur, sadece hayatta sıralar vardır, beklemeyi bilene...

Sorular sor kendine
ama uzaklaşmadan
kendine...

Benliğe Sorular

Yangına suyla mı gidiyorsun, yoksa rüzgârı mı aldın yanına, söndürmek için mi varsın sorunları, yoksa daha fazla harlatmak için mi; onarmak için mi çalışıyorsun, yoksa yıkmak için mi?

Yoksa etliye sütlüye karışmadan, hiçbir şey yapmadan duruyor musun öylece, ne de olsa başkası yapar diye düşünüp kendine göre bir hayal âleminde mi yaşıyorsun?

Kimseyi almayarak yanına, tek başına olmaktan sıkılmadan yürüyor musun hâlâ umutsuzca, yoksa başkasının hayatına da katma değer sağlamak için birlikte hareket etme vaktinin geldiğini mi düşünüyorsun?

Kendini tanıma yolculuğuna çıkmaya başladın mı, yoksa yoldasın da uzun zamandır farkında mı değilsin; uçurumun kenarında mısın, yoksa düz bir yaylada mı?

Sürekli sorarsın bu soruları kendine ama kendinde bulursun yine soruların cevaplarını; uzaklaşarak değil, uzlaşarak...

Kendin olmaktan vazgeçme asla, seni yönlendirmelerine izin verme. Bırak bedenin harekete geçsin, düşüncelerin ise bilinç düzeyine çıksın.

Farklılık Hissi

Kendini açamazsın ilk önce, ürkek davranırsın; konuşamaz ve kelimeleri arka arkaya getiremezsin bir türlü.

İçinde bir pişmanlık belirir ve kelimeler döküldükçe ağzından sanki yitirir gibi olursun kendine olan inanışlarını, bedenin de harekete geçmeye başlamıştır.

Hafiften bir titreme başlar içinde ve baş ağrısı gelir hemen arkasından, hiç düşünmediklerini konuşur olmaya başlamışsındır, kırılan cam parçaları gibi fırlar dört bir yana düşünceler.

Geri toplamaya çalışırsın. Bunun için çok çaba sarf edersin ancak yenilmiş gibi hissedersin kendini ve galibiyet aramaya başlarsın artık karşındaki insandan. Rekabete döner bir anda.

Kendine verdiğin sözler bir bir tutulamamıştır, kendin olmaktan vazgeçtiğini zannedersin, zanların artık seni yönetmeye başlamıştır, oysaki hiç yaşamadığın bir duyguyu yaşamışsındır, şimdiye kadar çok önemli saydığın ve seni yönlendiren düşüncelerin artık bilinçaltından bilinç düzeyine çıkmıştır...

Egonu törpülemeye
başla, günlük
takıntılarından
kurtul ve gerçek
duygularınla tanış.

Kendilik ve Vazgeçiş

Mırıldanmalarla başlar gelen güzellikler; öncelikle şarkıların ilk melodileri gibi girişi hafif ve derinden olur, notalar yavaş yavaş ilerledikçe artık iradenle notaları teker teker yerine koyman gerektiği gerçeği ile yüzleşirsin.

Artık hiçbir şeyin başlangıçtaki gibi olmadığını ve gittikçe zorlaştığını görürsün... Sana zor gelmesinin nedeni şimdiye kadar almadığın sorumlulukları, hep başkasına yüklediğin sıkıntılarla ve sana sürekli başkasından geleceğini düşündüğün beklentilerinle karşı karşıya kalırsın...

Soğuk bir rüzgâr gibi üşütür seni, sanki üzerine palto almadan karlı havada yürür gibi hissedersin kendini.

Kendine sarılmaya çalışırsın en başta ısınmak için, adımlarını daha hızlı atarsın, gittikçe büzüşür bedenin, küçülürsün gittikçe, terbiye olmaya başlar egon ve heveslerin. Sadece hayatta kalma isteğin kalır, günlük takıntılar aklına bile gelmez; ilk defa bu duyguyu yaşamışsındır belki. Ancak bununla dışın üşürken için ısınmaya başlar, gerçek duygularınla karşılaşmışsındır, artık üşümemenin yolunun kendine sarılmak değil de kendinden vazgeçerek yürümek olduğunu anlarsın...

Sana göre farklı ancak herkesin
belli dönemlerde yaşadığı bir
yolcuktu seninkisi; yanağını
cama yaslamış gibi yaşadın
hep, gözlerin hep uzaklarda ve
hatıralar aklının hep bir ucunda...

Sessiz İletişim

Düşüncelere dalıyorsun, geçmiş ve gelecek arasında gidip geliyorsun sürekli...

Manzaranın ve yolculuğun keyfiyle arada bir iyi hissetsen de aslında tek arkadaşının soğuk bir cam ve senden oraya geçen bir buğu olduğunu fark ediyorsun.

Ne kadar sıcak olsa da hemen soğuklaşıyor, bir harf çiziyorsun o anda neden yaptığını bilmeden, yalnızlığını fark edersin yanağının ağrısı başladığında; çekersin öncelikle yanağını ve biraz arkana yaslanma ihtiyacı duyarsın, artık sen eski sen değilsindir.

Buğudaki çizimlerine bakakalırsın ve arkadaki manzarayı artık göremez olursun, çizdiğin şekli orada bırakarak ayrılırsın koltuğundan. Belki de hiç tanımadığın biri senin yerine oturup dönüş yolculuğunda bir harf daha ekler oraya; bilemezsin hangi harf olduğunu veya kimin çizdiğini; ya da o harfi elinin tersiyle bir anda sildiğini...

Öyle bir denklem
kur ki hayat seni
aldatamasın.

Kendinden Kaçış

Hayaller kurarsın hep hayat ile ilgili ve gerçekleşeceğini zannedersin. Kimi zaman durduk yere gülümsersin tek başına; bir an kendi kendine konuşurken bulursun kendini, bana bunu söylerse, ben de bu şekilde cevap veririm dersin, ne o kişi gelir sen istediğin zaman ne de o konuşma olur.

Hiç ummadığın anda belirir karşında ve hiç düşünmediğin cevaplar vermen gereken sorular gelir karşına insanlardan ve olaylardan.

İyi ki de düşünmedim dersin; akışına bırakmamanın bir anlık senfonisine kaptırırsın kendini, hiç tatmadığın bir his ile karşı karşıya kalırsın ve heyecan duyarsın.

Zannetmiştin ki her şey planladığın gibi olursa mutlu olursun; bu düşünce nefsinin aldatmasıdır oysa. Sana sanki senin düşüncelerinmiş gibi hissettirir ve sen o düşünceleri sahiplenirsin.

Burada kaybetmeye başlarsın oysa, "düşündüklerim olduğu sürece huzurlu olurum" denklemini öyle bir yerleştirirsin ki fikrine; bilinmeyen bir durum girdiği zaman hayatına ürker ve kaçarsın; kaçtığın aslında kendinsin ama farkında değilsin...

Kendinden
uzaklaşmayı bırak,
varlığını hisset!

İlk ve Son Algı

Çıktın bağıra çağıra evden; aniden sokağın ortasında ilk defa fark edilmek istedin belki de; kendinden o kadar uzaklaşmışken bu defa da aykırı bakışların üzerinde gezinmesine izin vererek varlığını hissetmeye çalıştın.

Küçüklükten beri gördüğünün ve duyduklarının tersini yaptın ilk defa, durdun ve etrafına baktın, büyüdüğün mahallenin tam ortasında küçük bir çocuk gülümsemesi oluştu önce suratında ve başkalarının seninle ilgili düşüncelerinin eskisi gibi olmayacağını hissettin.

Sadece hazlarına hitap edeceğini bilemedin böyle bir davranışın; kendinde kısa süreceğini düşünemedin, geçmişteki tüm yaralarını saracağını zannettin.

Aklına sorular üşüştü bir anda; anı mı yaşamak istedin veya korkularınla yüzleşip, geçmişten sıyrılarak yeni bir hayata adım atacağını mı düşündün? Karar veremedin sen de...

Umduğun gibi değil
de bulduğun gibi
yaşamayı bırak ve
kendine gel...
Gülümsemelerin
içten olsun artık!

İçin ve Dışın

Yanına yaklaştırmazsın kimseyi, kendi içinde yaşamaya çalışırsın; kendi doğruların vardır, kendi hesapların, ucu ucuna her şeyi santim santim denk getirmeye çalışırsın. Her şey senin düşündüğün zamana göre olursa iyi olacağını düşünürsün.

Yerli yerinde ve düzenli eşyaların, düşüncelerini de eşyaların gibi hep toplamaya çalışırsın, mantığın ile kalbin arasında bırakırsın kendini farkında olmadan ve kalbini mantığınla susturmaya çalışırsın.

Yaşadıklarından sonra dağınık düşünceler ve ani kararlar ile kendinden beklenmeyecek davranışlar içine girdin, umduğun gibi değil de bulduğun gibi yaşamaya çalıştın. Kendini konumlandırma şeklin değişti; duruşun, bakışların, sözlerin, söyleyemediklerin ve tavırların artık eskisi gibi değildir; içten değildir gülümsemelerin, sesli kahkahalar atmaya çalışırsın içindeki sıkıntıları atmak istercesine...

Ahlaki değerler
rafa kalktı bir kere...
Ama bu sana engel
olmasın, verdiğin
sözleri unutma.

Acısız Gelişememe

Doğruya kısa yoldan gitmekti düşüncelerini süsleyen, acı çekmeden başarılı olmak istiyordun, düşüncende hep zirve noktasındaki sahneler vardı herkese yukarıdan baktığın.

Ezilmiş ve yıpranmış benliğini bu şekilde düzeltebileceğini sandıkça daha da adadın kendini ve idealin sandın, idealin uğruna da her şeyi yapmaya hazırdın, ne de olsa kazanmak için her yol meşrulaşmıştı artık.

Etik ve ahlaki değerler rafa kalkmıştı, amacın farklılaşmıştı, kendine verdiğin sözler unutulmuştu, ne de olsa herkes öyleydi, bu düşünce kısa sürede de olsa seni rahatlatıyordu.

Sen de bu şekilde yaşayanlara yaklaşarak ve o grubun içine girerek aidiyet duygunu pekiştirdin ve var olduğunu hissettiğini zannettin.

Samimi olmayan gülüşmelerde ve tavırların arasında aradın mutluluğu, kendine söyleyemediğini bir süre sonra sen de fark ettin; rol yaptığını, farklı bir imaj çizmeye çalıştığını. O çizdiğin imaj ve sahip oldukların tarafından yönetilmeye başladın, bu ise yavaş yavaş olmuştu. Kendine uzaklaşmaya başladın en başta ve aslında sonun başlangıcıydı bu senin için; hem sonu, hem başı aynı anda yaşıyordun, farkına varman geç oldu.

Samimiyet aranır
oldu gözlerde.

Karanlık Odalar

Yan yana ama yalnız kalabalıklar içinde gözler hep arıyor huzuru, ancak bir türlü göremiyor samimi duyguları çünkü bakışı bulanık ve gözleri buğulu.

Kendine dönüp bakıyor içi karanlık bir tünel, aydınlık görünmüyor, nereye baksa bir hüzün ve keder, çıkış yolu bulmak için çırpınmış çok, ancak bir adım atacak hali kalmamış artık.

Kendinden bezgin ve sessiz sessiz bir şeyler fısıldıyor, sesini kendisine bile duyurmak istemiyor gibi artık, tahammülü kalmamış hiçbir şeye; önce kendi masum duygularına ki başkasının duygularına açabilsin kendini.

Bazen yüzünde alaycı bir tebessüm beliriyor hayata karşı, bağırıp koşmak istiyor yağmurun altında. Dört duvar arası gittikçe birbirine yaklaşıyor gibi hissediyor artık; kendisini sıktıkça sıkıyor; umut için bir ses, bir hareket bekliyor; bu noktada bile öncelikle kendisini düşünüyor, kendi nefsinin hoşuna gittiği zamanı istiyor, hayırlısı deyip devam edemiyor hayata, kendisinden adım adım uzaklaşmaya devam ediyor...

Unutma; her kışın bir
baharı, her baharın
da bir kışı vardır.

Mevsimsel Coğrafya

Yolculuktur aslında hayat, kimi zaman virajlı yollardan geçersin kimi zaman ise düzlüklerden; kimi zaman hızlanman gerekir, kimi zaman da yavaşlaman. Aniden karşına çıkar problemler; manevra yapamadan, tehlikeyi göze almadan atlatamazsın belki de veya çıkar karşına sana güzelmiş gibi görünen bir manzara, senin için güzellik bir uçuruma dönüşür bilemezsin.

Hayatın kıvrımlarında akar durur düşüncelerimiz; kimi zaman sisli ve karlı, kimi zaman günlük güneşlik düşüncelerimiz. Bakış açımız hava durumumuza göre şekillenir, öyle bir an gelir karanlık ve soğuktur havalar ve dersin ki her kışın bir baharı vardır, her baharın da bir kışı.

İstemediğin gibi gittiğini düşündüğünde hayatı sorgulamaya ve anlamaya çalışırsın; oysaki durup bir sakinleşip seyretsen neler kazandığını göreceksin dışarıdan, bir kendini bırakabilsen, kendinden bir vazgeçebilsen...

Filizlenemeyen
bir tohum gibi
hissedersin kendini
ve toprağın altından
hiç çıkmayacak gibi
zannedersin.

Tohumun Zamanı

Ayrılık da sevdadandır diyerek kendini avutma dönemin başlamıştır atık, zihninde önceden var olmayan ve yavaş yavaş oluşan kareler daha da artmaya başlamıştır.

Tedirginlikler, sıkıntılar, problemler üst üste biner ve açıklanmayı bekler geçmişte yaşadıkların...

Özündeki güzelliğe ulaşamayacağını düşündürür sana yaşadıkların ve aynı mutlu anları tekrar yakalayamayacağını zannedersin.

Zamanın vardır oysaki tohumun o toprağın altından çıkması için; eğer ki erken biterse yolculuğu çürüyecektir, gecikse yine bir işe yaramayacaktır.

O doğru zamanı ise sen bilemezsin, sadece belli izler ile karşılaşabilirsin, uyku ile uyanıklık arası güneş doğma aşamasında hiç ummadığın bir anda yüreğine ferahlık olarak belirir. Sanki tüm yükler üzerinden alınmışçasına...

Yüreğinden gelen sesi
dinleme zamanı geldi artık,
uyan ve başkalarından bir
şeyler beklemeyi bırak
bir kenara. Elinden geleni
yapma zamanı geldi.

Vicdan ve Mesafe

En fazla yardıma ihtiyacın olduğu anda yakın olarak zannettiğin çoğu kimseyi bulamazsın yanında.

Şimdiye kadar hep beklemişsindir oysa hep birisi sana el uzatsın diye. Hep istediklerini insanlar üzerine kurmuşsundur, bir de sıkıntı çekeyim de insanlar etrafımda toplansınlar düşüncesi sarmış dört bir yanını, kendine çekidüzen verme ihtiyacı duyamamışsın, ne de olsa birisi gelip kaldıracaktır seni; zamanı sana göre geldiğinde.

Elinden geleni yapmaktan alabildiğine kaçmışsın; kendine yaşatabileceğin ve sonucunda tüm yaralarını kanatacak olaylara tedbir almayıp meydan bırakmışsın.

Senden beklenenin ne olduğu konusunda cevaplar bulabileceğin vicdanın sana seslenir ancak sen fısıltı zannedersin; çünkü artık vicdanın çok uzaklaşmıştır...

Nereye kadar
kaçacaksın
kendinden?

İmtihan

Nedensiz yere ağlamalarımsın der durursun onunla ilgili kendine...

Hiç düşünmediğin bir anda kalbine düşen bir sızı veya yeni oluşmaya başlayan bir göz çizgimdi diye bakarsın aynalara.

Bu kendinle ilgili konuşmaları karşı taraf bilsin istemezsin.

Sürekli iyi görünme çaban mıdır, kendine uzaklaşman mıdır, güçlü görünme isteğin midir bilinmez ama kendini sözlerin ile farklı anlatmaya çalışsan da bedeninde açıklar vermeye başlarsın...

Buğulandığı için ay gibi parlayan gözlerin yalan söylemez oysaki. Bir kelime daha duysa gözpınarların kendini bırakacak yanaklarındaki aynı yolculuğuna.

Son çırpınışları egonun, kendinle yüzleşme adına, sessiz bir çığlık duyguların, yavaş yavaş büyüyen bir sızı içinde, söylemediğin veya söylemek istemediğin her nefes alış verişinde...

Aslında sen kendini buluyorsun ama bunu kendinle yapamıyorsun, o yüzden birbirimize ihtiyacımız olduğunu anlıyorsun.

Kendi evinde misafir
olmuş ruhun, kalbin
ise bir kuş gibi
çırpınır olmuş...

Çevrimdışı

Sessizliği severdin; çıt çıkmadan saatlerce oturmayı artık alışkanlık haline getirmiştin.

O kadar yormuştu ki yaşadıkların seni, gözlerinin açılıp kapanma süresi azalmaya başlamıştı.

Hiç açmak istemez gibi dururdun eski konuları, kalbin o kadar yoğrulmuş ki acı veren duygularla hızlı hızlı yürüyorsun sokaklarda, sertleşiyor dokunuşların ve bakışların. Tavrın hiç eski haline benzemiyor, kendi evinde misafir gibi sürekli çıkıp gitme hali yaşıyorsun.

Hiç ummadığın gibi oldu yine, hiç düşünmediğin gibi, sürekli kendi varoluşunla kavgalı hale gelmeye başladın yine; kendini tanıma yolculuğuna çıkamadın ve bir türlü akışına bırakamadın.

O yüzden gittikçe sessizleştin belki de, kelimelerini kendinden bile saklamaya çalıştın, kendine bile söyleyemedin; umut senin sokağını pas geçmiş de bu sabah yine sokağın başında sana her saniye göz kırptığını görememiştin küçük bir çocuk gülümsemesinde...

İçini rahatlatma
telaşına mı düştün?

Hüzünlü Ayakkabılık

En yakınım dediklerimizle başlarız aslında en büyük sıkıntılarımıza, onları hiç kaybetmeyecekmiş gibi zanneder ve öyle yaşarız. Bizler bu duyguyu ise yaşadıkça daha da üzücü bir şekilde yaşatırız.

Onlara karşı sorumluluklarımız ertelemelere ve bu davranışlarımız da artık alışkanlığa dönüşmüştür.

Güzel kelimeler ise eve girerken ayakkabı dolabına kaldırılır, kullanmamak için elimizden geleni ardına koymayız; evden çıkarken alırız yine güzel kelimeler, asıl sahiplerine veremediklerimizi başkalarına verme telaşına düşeriz içimizi rahatlatmak için.

En yakınlarımızdan sakındıklarımızı sadece mevki ve para uğuruna hiç tanımadığımız insanlar için seferber ederiz, varımız yoğumuz dışarıdaki hayat olur, en yakınımızdan uzaklaştıkça duyduğumuz vicdan azabını bastırmak için türlü türlü bahane bulmaya çalışırız; en yakınımız en uzağımız gibi olmaya başladıkça bizler de eski biz olamamaya başlarız...

Yanlış giden bir
şeyler mi var? Aslında
bu sen değil misin?
Doğrularınla yüzleş
ve değişimin bir
parçası ol.

Sorgulamak Kendini

Bir kere de olsun denedin mi yerinden kalmak içinden gelmese de başkası için rahatını bozmayı, bir kere de olsun geçmiş ve gelecek ile ilgili problemleri unutup aklına yatmasa da içinden geliyor diye sevdiğine sevdiğini söylemeyi, hiç denedin mi mevkini makamını bir kenara bırakıp sadece olduğun gibi karşındaki insanlar ile masumca paylaşımda bulunmayı?

Yoksa sürekli olarak kendini kontrol mü ettin, yine önceki yaşadığım sorunlar gibi olur diye hep kıyaslama mı yaptın, yoksa kendine sakındıklarını başkalarına da veremedin mi?

Yaşatmak için hiç yaşamadın mı? İlla ki mantığına uygun bir sebep mi aradın empati kurmak ve paylaşmak için; aniden karşına çıkan sorunlara hep uzak mı kaldın sıkıntı verirler diye, hiç üzmek istemedin mi kendini başkası mutlu olsun diye, hiç beklentin olmadan insanlardan hadi gel iyiliğe birlikte koşalım dedin mi, yoksa hep bekleyen taraf mı oldun, hep hak ettiğini düşünerek?

Benliğini mi ön plana çıkardın hep, yoksa ben olmasam belki bu işler daha iyi olabilirdi deyip kendini mi eleştirdin?

En son ne zaman gerçek doğrularla yüzleştin ve bununla ilgili hayatımı işte bu noktadan sonra değiştiriyorum dedin?

Asıl cesaret
korkmakta
değil, korktuğun
halde devam
edebilmektedir.

Emanet Duygusu

Sabırla yürürsün en aşılamaz dediğin dikenli yollarda, o yolların dikenli olduğu seni korkutsa da asıl cesaret korkmamakta değildir, korktuğun halde devam edebilmektedir.

İçinden acaba nasıl olacak duygusu elbette geçecektir, zihnini elbette kötü düşünceler sürekli bunaltacaktır, hiç yaşamadığın anları ilk defa ve son kez yaşıyormuşsun gibi hissedeceksindir.

Önemli olan ise senin önüne serilen yolları ve açılan meydanları bir emanet gibi görüp inci gibi işliyor musun ya da çok istediklerini, sana verilen güzellikleri iradeni yanlış kullanarak eline gözüne bulaştırıp kayıp mı ediyorsun?

Çevrende olup bitene karşı kayıtsız kalmayıp her sıkıntım var diyene merhem olabiliyor musun, zamanın seni engelleyen ve oyalayan yönleri ile çok fazla ilgilenip asıl yapman gereken vazifelerde geri kalıyor musun?

Tevazu ve sabırla
ör duvarlarını, kibir
ve öfke uzak olsun
senden.

Uğraşmak Kendinle

Bırakma kendini kendine, uzaklaşıp durma artık idealinden, egonun esiri olup bir an için hayatını mahvetme...

Kendini egona bıraktıkça senin duygularına binip seni yönlendirme durumu bu; fark edip erkenden koyul doğruluk yoluna...

Yaşadığın sıkıntılara, egon için mi yoksa egondan vazgeçerek mi kararlar vereceksin?

Öfke, kibir ve anlık duygulardan uzaklaşacak mısın, yoksa tevazu ve sabır taşlarıyla mı süsleyeceksin tavırlarını?

Dantel dantel, adım adım işleyecek misin ruhuna doğrularını, yoksa günübirlik seni rahatlatan düşüncelerinle mi avutacaksın kendini?

Hazlarına yenik mi düşeceksin, yoksa sıyrılmaya çalıştıkça seni daha çok sarmaya çalışan bilinçaltındaki yanlış düşünceleri tertemiz hale getirinceye kadar uğraşacak mısın?

Sahip olduklarınla
övünme şükret...
Çünkü hepsi birer
emanet.

Sorul(a)mayan Sorular

Sıkılır insan, hiç ummadığı bir anda hiç düşünmediği şeyleri yapmaya başlar, affedemez gibi olur ilk başta kendisini, arka arkaya kayıplar yaşar hayatında.

En sevdikleri bırakır gider, zamanın ilk defa bu kadar yavaş işlediğini anlar en sıkıntılı anlarında, beklerken umutsuzca, sabreder dişlerini sıkarak, tek başına kaldığını hisseder umutsuzca, acımaya başlar kendi haline; yavaş yavaş kanatır yaralarını iyileştirmek için ve yavaş yavaş durur, kabuk bağlar ardından.

Kendinde göremediklerini başkalarında gördüğünde mutsuz olur çoğu zaman.

Kendini en başarılı olduğu ve kazandığı zamanlarda neden benim başıma geldi diye düşünmez bu güzellikler; ne zaman ki imtihan için elinden alınmaya başlar sahip oldukları veya sahip olduğunu zannettikleri, işte o an düşünür niye benim başıma geldi diye?

Umudundan asla
vazgeçme, aradığını
bulacaksın biraz
sabır.

Cep Feneri

Gecen gündüze karışır belli bir zaman, sanki örtülü bir sıkılganlığın tüm bedenini ve ruhunu sardığını zannedersin, çıkamazsın bir türlü işin içinden; anlatamazsın, anlaşılamayacağını düşündüğün için korkuların başlar yavaş yavaş ve derinden gelen, seni yalnızlığa itmeye çalışır sürekli.

Karanlık olarak gördüğün yolculuklarda, yanında bir cep fenerin olsun yolunu aydınlatan ve seni doğru levhalarla ulaşmak istediğin yere yönlendiren; düşünürsün, ararsın, bulamadığını zannedersin en başta, bir daha diyerek yürürsün düşüncelerin üzerine ve tekrar bulamadığında vazgeçersin.

Seninle aynı sorunları yaşayan ve hatta daha fazlasına da katlananları görünce nasıl aşmışlar ve üstesinden gelmişler diye merak edersin, bu merak sonucunda görürsün ki onlar da aynı senin gibi başlamışlardır sürece, ancak tek farkla; hayatları değişmiştir o cep fenerini aramaktan ve bulma umudundan vazgeçmemişlerdir.

Hep acı verdi
sonlar sana... Ama
göremedin bir türlü
sürecin senin elinde
olduğunu.

Bitiş ve Son

Kitaplarının bitmesini hiç istemezdin, okuyup okuyup başa dönmek ve sonunu merak ettiğin halde olması gerektiği sürede yaklaşamamak sona, çünkü sonlar hep acı verirdi sana.

Üzülürdün için için; artık hiçbir şeyde son varmış gibi yaşamak istemezdin, aynı ölüm gibi sürekli kaçışlarından oluşmaya başlamıştı hayatın ve gitgide pişmanlıkların artıyordu.

Ne kadar kaçarsan o kadar vicdan azabı duyuyor, duydukça da kısmaya çalışıyordun vicdanının sesini, beklentin çok yukarılarda ulaşılamaz değildi oysa... Sen zorlaştırmıştın hayatı kendine, hapsetmiştin kendini hazlarına.

Bitişleri bir son gibi gördüğün için hep umutsuzluk hâkim olurdu belli bir süre sonra sana. Ve bitmemesi için hiçbir şeye başlamaz olmuştun artık; başlangıçlar da ürkütmeye başladı seni ve yavaş yavaş artık kendine inanma duygunu kaybetmeye başladın, bir adım atamaz oldun önünde güzellikler görsen de. Ne de olsa bitecek, bozulacak ve yanlış gidecek diye.

Senden istenen elinden gelenin en iyisini yapmaktı, yani potansiyelini açığa çıkarmaktı. Ve sonuç sende değildi, süreç sendeydi; sonuçlarla çok ilgilendin, anları ise bundan dolayı elinden kaçırdın.

Hayatı bir kez olsun
kendine zorlaştırma...

Kendinden Uzağa

Kendini terk etmeden başlamıyor süreç, bitmek bilmez arzularında kurulmuyor doğru bir hayat... Hayal kırıklıklarından ve geçmişle hesaplaşmalarından kendini eleştirmediğinde öğrenme gerçekleşmiyor.

Gelecek ile ilgili kaygıları ve anı sadece hazlar için yaşamadığında, yani vazgeçtiğin sürece özgürleştiriyorsun kendini.

Bitmek bilmeyen arzularını ehlileştiremediğinde daha da sarpa sarıyor süreç, alıyor götürüyor kendi dünyasına ve bataklığa girmiş gibi çektikçe çekiyor seni dipsiz kuyusuna.

Sadece yapılanlar değildir insanı geliştiren, çoğu zaman yapmadıklarımızdır; kötülük yapmazsan bu bir iyilik yapmış olma anlamına gelir.

Sana durduk yere laf atan kişiye kafanı çevirmeyip hiç bakmadan geçip gittiğinde ilk başta kendine yapıyorsun iyiliği.

Hayatı zorlaştırıyoruz kendimize ve çevremize, kendimizden başlamayan her süreç ve iyileştirme karşımızdaki insanda olumlu bir etki bırakmıyor ve bir değişime neden olmuyor.

Dalgalı deniz gibidir
ruhun bazen ne
yöne hangi akıntıya
kapıldığını bilmeden
bırakırsın kendini
sulara.

Çelişkili Haller

Konuşmaların acele acele olur heyecanlı olduğun zamanlarda; kimi zaman ise hayal kırıklığına uğramışsındır, kerpetenle bile kelimeler çıkmaz ağzından.

Aniden gülersin aklına geçmişten bir an gelir de, 5 dakika sonra sevdiğin bir kişiyle ilgili aldığın bir haberle yıkılır, kendini hiç olmadığın kadar depresyonda görürsün.

Aynı anda gülümsemeye çalışırsın etrafa, umut dağıtırsın karşındaki yaralı insanlara, ancak zihninde ve ruhundaki ıstıraptan kıvrım kıvrımsındır.

Sürekli çelişkili haller gibi görünen aslında normal bir akışın içindedir insan, çelişkilerinden ayırt ederek ve öğrenerek olma sürecine başlar. Kendisini hayata konumlandırmaya çalışır ardından; hep bir yol arar. Aslında hepimiz arayıştayızdır, kimi kendini renkli dünyaların ışıkları altında unuturken, kimi ise tek başına denize bakarken bir bankta bulur kendini; kimi anlatamaz, sadece yaşar ve çeker gider; kimi ise gitmemek için paylaşır sevdikleriyle çoğu zaman...

Tuzlu su içer
gibisindir; ne
kadar beklentin
karşılanırsa, ihtiyacın
da o kadar artar...

Tuzlu Su İçmek

Gördüklerinden ibaret sanırsın dünya hayatını, senin yaşadıklarının sana özel olduğunu unutup herkesin seninle aynı düşüncede olmasını beklersin. Sürekli bir anlaşılma derdin vardır, kendini anlatma ihtiyacı duyarsın yerli yersiz bu yüzden; anlaşıldıkça mutlu olacağını zannedersin, sürekli onaylanma ihtiyacı sarar dört bir yanını, artık nasıl onaylandığın önemli olmamaya başlar, sadece onaylanmak yeter diye düşünürsün.

Başkalarının düşüncelerinde sürekli yer edinmeye çalışırsın ve orada zirve noktalarda gezinmek istersin. Sevilmek, sayılmak, sürekli halinin hatırının sorulmasını bir beklenti açlığına dönüştürürsün.

Nefsine kapılma,
gerçeklerle
yüzleşmek zor gelir,
acı çekersin...

Çıkmaz Döngü

İstediklerini yapamamaktan dolayı şikâyet eder, kendine hayıflanma haline geçersin; düşüncelerini kutsamaya başlarsın önce, ne zaman ve nerede olduğu önemli olmadan kendi düşüncelerini doğrulatmaya çalışırsın, başkalarının bakışlarında ve düşüncelerinde, her laf arasında. Acaba kendimi nasıl anlatırım kaygısına kapılırsın; aslında konuşmasan da, duruşunla ve bakışlarınla hep kendinden bahsedilmesini istersin içten içte.

Şikâyetlerin arttıkça da çıkmaz bir döngünün içine girmiş olursun, bu döngü gittikçe karıştırır dört bir yanını, kedinin ipe dolandığı ve çıkamadığı gibi sen de dolarsın kendini arzularına, istediklerinin olmadığını yavaş yavaş anlarsın ve acı çekersin, adım adım gerçeklerle yüzleşmeye başladığını fark edince tek başına, kendi doğrularınla yaşanmayacağını fark edersin ve nefsini susturmanın ilk başlangıç olacağını düşünmeye çalışırsın...

Yaşadığımız her şeyden bir çıkar sağlar olduk, düşünmeden. Bilinçli mi yapıyoruz? Hayır, bize böyle öğretildi çünkü.

Menfaat ve Anlar

Gözlerin ufukta geziyor hep; düşüncelerinde geçmişte aldığın başarılar, beğeniler ve alkışlar, ellerine baktığında ise tam tersi hâlâ boşlar. Ne geçti elime diye sorarsın içini çekerek; her şeyin belki de en iyi gittiği zamanda, en yükseklerde olduğunu zannettiğin bir anda şimşek gibi çakar zihninde bu soru, peki şu an gerçekten elle tutulur ne var?

Yaşantımızda artık geleceğe daha fazla menfaat odaklı baktığımızdan; her anımızı paraya çevrilebilen bir bütün gibi algılamaya çalışırız.

Kendimizi hazlar deryasında yaşanması gereken ne varsa yaşayan biri olarak konumlandırırız. Hayat ile ilgili öğretici konuşmalar bizlere sıkıcı gelmeye başlamıştır.

Bizler bunları bilinçli bir şekilde yapmıyoruz çoğu zaman; bize öğretilenleri uyguluyoruz sorgulamadan. Peki, bize yanlış öğretildi diye bu düşüncelerin kurbanı mı olmalıyız, yoksa doğru ve yanlışlarımızı tekrar gözden geçirip iyilikleri alıp kötülükleri bırakmamız gerekmez mi?

Sohbetin merkezinde
olma arzumuz bizi
hep sahip olmaya
itiyor. Peki, yarının
garantisi var mı?

Paylaşmak ve Yapamamak

Sadece kendimizi anlatıp çevremizden bir yer edinmeyi bıraktığımızda gerçek duygularımızla ilk başta bizler tanışmış olacağız.

Sohbet konularının merkezinde olma isteğimiz bizleri bir şeyleri paylaşmaya değil, sadece sahip olmaya itiyor.

Bizim dışarıya ait görüntümüzde var olmasını düşündüğümüz ve öncelediğimiz; başkalarının gözünde kariyer ve paramız olduğunu düşündürmek oluyor.

Ne kadar kariyer sahibiysek o kadar sözümüz geçer diye biliriz veya paranın açamayacağı kapı yoktur diyerek zorlarız tüm yolları. Oysaki hepimizin bir nefes sonra ne olacağını bilmeden yaşaması, gece uyuduğumuzda sabah uyanabileceğimizin garanti olmaması karşısında hangi kazanımlarımız bunun önüne geçebilir ki?

Yol almaya başlıyorsun
uzaklara... Her şey
bambaşka olacak
düşünceleriyle. Elbette
sıkıntıların olacak bu
zorlu yolda.

Yol Emniyeti

Gidiyorsun uzaklara hem de hiç bilmediğin yollardan, artık hiçbir şey eskisi gibi olmayacak diye hayal ediyorsun.

Her şey geride kaldı düşüncesiyle biraz rahatlasan da önündeki gerçek hayata baktıkça ve adım attıkça sıkıntıların artmaya başlıyor.

İçinde ilk başlarda olan hafif bir güven belirtisi acaba hep böyle mi sürecek, yoksa kendinden emin olma haline dönüşecek mi diye merak ediyorsun.

Her anımız aslında bir yolculuk diye mırıldanıyorsun kendine, hep böyle aydınlık ve tebessümlerle dolu olmasını beklemeye başlıyorsun tekrardan. Kötü şeyleri aklına getirmedikçe başına gelmeyeceğini zannedip, gerçeklerden uzaklaşmaya çalışır bir hale bürünüyorsun, ne kadar yıpranmak istemesen de her adımında farklı bir hale geçiyorsun.

Daimi mutluluğun
anahtarı hazlarına
gem vurabilmekte.

Ruh, Beden ve Ayna

Hiç olmadığı kadar uzak hissediyorsun artık kendini, aynaya baktığın zaman sanki başkasının yüzünü görür gibisin, mimiklerini fark edemez olmaya başlıyorsun.

Tebessüm ediyorsun, göz kırpıyorsun kendine ancak ruhunda hiçbir hareket meydana getirmediğini fark ediyorsun.

Aynaya bakacak yüzümüz bile kalmaz bazen, yaşadıklarımız ve yaşattıklarımız ruhumuzda ve kalbimizde o kadar derin yaralar açar ki, sanki bedenimiz farklı biz farklıymışız gibi hissederiz.

Nereye kadar böyle devam eder sorusunu o zaman kendisine sorar insan, hazlarına yenik düştükten sonra esiri olma yoluna girmiştir artık. Tükenmez isteklere cevap vermeye çalıştıkça hazları derin bir pişmanlıkla baş başa bırakır onu.

Keşke bir önceki halimde olsaydım diye iç çeker, işte orası tam bir kırılma noktasıdır. Hazlarına gem vurup uzun vadeli mutluluk için adım mı atacaktır, yoksa bu yüzleşmeden kaçmak için hazlarına kendini bırakmaya devam mı edecektir?

Bugün varsa ve bu
kadar güçlüysen
ailen sayesindedir bu,
bunu unutma.

Ailemiz

Aynı evde yaşarız; birbirimizin en güzel, en mutlu ve en güvenilir anlarına tanıklık ederiz. Ancak en hızlı ve çabuk kırdıklarımız da ailemizdir.

Hiçbir zaman hakkını ödeyemeyeceğimiz ailemiz; bizlere küçük yaştan itibaren burnumuzdaki sineği bile kovamazken bize yardımcı olandır.

En aciz dönemimizde; hayata tutunmamıza vesile olan ailemizle ilk sıkıntılarımız, büyüdüğümüzü zannettiğimiz zamanlarda ortaya çıkar.

Artık o eski çocuk günlerimizden uzaklaşmak isteriz. Dünyevi zevkler girmiştir artık; samimiyet yerine makam ve para sahibi olmayı artık öncelikli hale getirmişizdir.

En acısı da artık ailelerimiz ve kariyerimiz arasında tercih etme noktasına getirmiş olmamızdır kendimizi. İlk vazgeçtiklerimiz de ailemiz olur genelde, ancak hiçbir evlat anne ve babasının üzerine basarak yükselemez kariyer adımlarında ve diğer hayallerinde... Çünkü en büyük destekçin bu hayatta ailendir.

Konuştukça
rahatlayacağını
düşünürsün,
sustukça değil...

Konuşma ve İlgi

Bağırdıkça, haykırdıkça geçecek yaraların zannedersin. Kanattıkça kanatırsın üstü kabuk bağlamaya başlayan yaralarını.

Uluorta herkese açmaya başlarsın... Bir umut dersin, benimle acaba birisi ilgilenecek mi diye. İlgi beklediğini söylemezsin en başlarda ancak alttan alta sürekli hissettirirsin.

Bu ilgi isteğinden dolayı hiç düşünmediğin maceraların peşinde koşmaya başlarsın, hiç tekin olmayan sularda yüzersin.

Her adımda geçmişin izlerini sileceğini düşünürsün, ancak geçmişteki kirler seninle devam eder. Hâlâ aynı ayakkabıları giyiyorsan, ya ayakkabıyı çıkartıp yenisini giyersin ya da temizlenecek bir göletten geçmek için yolunu değiştirirsin...

Mutluyken değil, en
sıkıntılı olduğumuz
zamanlarda genelde
doğru kararlar veririz.

Istırap ve Gelişim

Korkak olmuştun dipsiz kuyuyu andıran karanlıklardan; en başta ise kendi karanlığından.

O anda sanki tüm sesler kısılmış gibiydi ve hiçbir şeyin eskisi gibi olamayacağını düşünürdün.

Kendi karanlıklarından aydınlığa çıkabilirdin oysaki. Ne zaman ki karanlık yanlarından beslenebileceğini düşündün, işte o zaman rahatlamaya başladın.

En büyük başarılar en sancılı dönemlerde; en güzel sanat eserleri kişilerin ağır bir psikolojik dönemden geçtikleri zamanlarda çıkmıştır.

Bizleri arkasından sürükleyen düşünceler her zaman ıstırap tohumlarının atıldığı topraklarda çimlenerek meydana gelmiştir. Bizler o karanlıklar içinde filizlenmeyi bekleyen bir tohum mu olmayı seçiyoruz, yoksa yanmadan yine pişmek mi istiyoruz?

Sahnedeki
görüntüler gibidir
hayat bazen.. Bazen
başroldesindir, bazen
figüran...

Sahnedeki Tozlar

Hayat bir film gibi... Yeri geldiğinde dram, yeri geldiğinde komedi, kimi zaman ise hüzün sahneleri ön planda. Bizler ise çoğu zaman başrolde gibi zannederiz kendimizi.

Bazen ise figüran veya hiç sahnemiz yokmuş gibi düşünürüz. Acaba bu dünyaya bir katkım var mıdır sorusunu sorar insan hiçbir şey yapmadığını veya yapamadığını düşündüğünde. Hayat amacım nedir ve ne olmalıdır soruları arkasından gelir.

Bu film karelerinde bir anın hüzünlü olması tüm filmin hüzünlü olması anlamına gelmez. Yaptığımız yanlışlar içinde en önemlilerinden biri ise kötüyü genelleştirmemizdir. Kötü bir not alırız sınavdan ve ardından ne kadar kötü bir öğrenciyim deriz veya işimizde bir hata yaparız ve ne kadar beceriksizim, bir türlü dikiş tutturamıyorum deriz. Aslında yine kolaycılığa kaçarız kendimizi genelleştirerek.

İnsan geneli itibariyle kötü değildir, sadece hareketi veya davranışı kötüdür. 10 tane iyiliği 1 kötülüğe tercih etmek ve öyle düşünmek ise, öncelikle insanın kendisine karşı yaptığı en büyük haksızlıktır.

İnsan bir çelişki
yumağıdır... Ne
söyledikleri ne
yaptıkları tutar
birbirini kimi zaman.

Karar ve Birliktelik

Kararlarımızla yaşarız her an, bir önceki anımızdan daha farklı olmasını istediğimiz için. Diğer adımımızla arasına düşünme süremiz girer kısa da olsa ya da uzun vadeli hesaplar yaparız ve bir kararsızlık sarar düşüncelerimizi.

Sorarsın kendisine, kararsız mısın ve bu senin genel yapın mı diye. Evet, çok kararsızım der. Aslında kendisiyle ilgili güçlü bir karar vermiştir ve kararlı olduğunu göstermiştir. Bu çelişkiyi kendi ağzıyla emin bir şekilde ifade eder.

Çelişki yumağıdır insan, sözleri ve yaptıkları birbirini tutmayan zamanları olur. Bu çelişkileri çözmek için yine birbirimize ihtiyaç duyarız, en önemlisi ise bir konuda fikrimiz net olsa bile karar almadan istişare etmektir.

Dünya hayatıdır
aslında bizi oyalayan.

Yetersizlik ve Yöneliş

Ben bana yetemiyorum diyor cümlelerinde sürekli. Kendine yettiği sürece kendine güveneceğine ve başarılı olacağına bağlamış düşüncelerini.

Peki, hangi başarı onu tatmin eden? Kısa vadeli, sadece dünya hayatını ilgilendiren başarıları mı yoksa iki dünya saadetini yaşamaya endeksli bir bakış açısına sahip olmak mı?

Dünya hayatıdır aslında yanlış sularda gezinmemize neden olan. Bizi oyalayan, hayallerimizden vazgeçerek uzun vadeli, yani sonsuzluğa koşar adım ilerlemek aslında.

Kendi kendine yetememek ise hastalık ve şikâyet edilmesi gereken bir durum değil, bizi bizden daha iyi bilen ve bize kendisinden haberdar eden Allah'a yönelmemize vesile olur.

Bazen yanlış yapmak
gerekir doğruyu
bulmak için.

Kalıplar ve Değişimler

Okumak ama neyi, nasıl, ne zaman ve ne kadar süreyle?

Hayatı, kendini ve çevrende olup bitenleri... Başına gelen musibetleri ve güzellikleri okumaya başla. Anlamlandırmaya çalış, neden bu dünyaya gönderildiğini sor.

Varoluşsal amacınla kendine kurduğun hayat ve amaçların birbirine yakın mı yoksa hiçbirini ilgilendirmiyor mu?

Kendince kurduğun dünyayı dışarıdaki dünyaya mı benzetmeye çalışıyorsun yoksa kurguladığın dünyayı gerçek hayatta birebir uygulayabileceğini mi düşünüyorsun?

Hayat anlamadıkların ve anlayabileceklerinle bir bütün değil mi? 20 yıl doğru olduğunu bildiklerin bir an gelip yanlışlanmıyor mu?

Neden o zaman kendine oluşturduğun bunca kalıp içinden çıkmadıkça mutlu olacağını düşünüyorsun. Farkında olmadan denizin altında giderken nefes alınca, nasıl ki tüm su seni yaşatmak yerine boğulmana sebep oluyorsa, aynen onun gibi doğruya yanlışlarla mı gitmeye çalışıyorsun?

Vazgeçilemez olmak
için çabalamaktan
vazgeç artık.

Kendimiz Ol(a)mamak

Vazgeçilememek için girdiğimiz ve takındığımız tavırlar, bizleri içimiz almasa da, kendi değerlerimize yanlış gelse de farklı ortamlarda olmaya zorlar ve kendimiz olmaktan vazgeçmiş oluruz.

Kayboluyoruz gittikçe, kazanılmak isterken, diğer insanların gözünde yer edinme çabamız yerini misafir bile olamayacağımız durumlara sokuyor bizi.

Kendimizden aşırı derecede ödün verdikçe, ister istemez karşımızdaki insana beni yönlendirsin diye alan açıyoruz.

Vazgeçilmemek için yaptığımız tüm çabalar ters tepiyor, beni sevmen gerekir mesajları ile bezenmiş duruşlarımız bizleri karşımızdaki insandan daha da soğutuyor.

Geçmişe dönüp baktığımızda, sevmek için mi yoksa sevilmek için insanlara yakınlaştık?

Rol yapmayı bırak ve
kendin ol biraz olsun.
Sahte gülücüklerin
ardına saklanma.

Masumiyet

Gözler hep senin üzerinde, kendini sanki ayaklarının yere basmadığı bir yerde hissediyorsun, artık sevildiğini ve tamamlandığını düşünüyorsun.

Eski yaralarının hepsinin iyileştiğini zannedip, geçmişten tamamen kopup hızlı bir şekilde değişim gösterirsin.

Yanındaki insanlar takdir eder her halini, ne kadar çok başarılıymış derler; ne kadar fazla kendini geliştirdiğinle ilgili yorumda bulunurlar.

Övgü sözcüklerini direkt duymasan, lafı dolandırırsın. Dolaylı da olsa kendine getirirsin en sonunda. Artık çaban kendini anlatmak olmuştur, bunu ise masum duruşunla ve bakışınla kapatmaya çalışırsın. Sanki konudan haberdar değilmiş gibi bakarsın etrafa, sürekli gülücükler saçarsın.

Gerçekleri duymak
istemezsin çoğu
zaman, ağır gelir
çünkü. Ama vicdanına
kulak ver.

Haykıran Vicdan

Gözlerini ve kulaklarını kapattığında gerçeği duyamamak için yüksek sesle şarkılar söylemeye çalışırsın.

Vicdanının sesini bastırıp içeride hapsetmeye çalıştıkça, kendini sadece ağzından dökülen melodilerden ibaret zannedersin.

Oysaki sen bağırdıkça içindeki vicdani haykırışlar daha da kuvvetlenmeye başlar. Artık her yerde aynı mısraları duyamazsın, yanlış giden bir şeyler olduğunu anlasan bile yüzleşmek istemezsin.

Yüzleşemediklerin ise, yani süreç içerisinde gözünü yumdukların gözünü sana açtırmaz artık. Gözünü açtıramadıktan sonra sana istediklerini yaptırmaya başlar bu sefer, vicdanın serbest kalmış, yerine kendini kendi hapsine almışsındır.

Ötekileştirirken
başkalarını
aslında kendini
ötekileştirmişsindir.

Kendinden Kendine

Ötekileştirme, ilk önce insanın kendisinden başlar, bizim dışımızdaki insanları ne kadar fazla kategorize edersek o kadar kendimizi ötekileştiririz.

Bizler kendimizden başlayarak en yakınlarımıza ve hiç tanımadıklarımıza kadar ötekileştirdiğimiz zamanlar olur. Farkında değilizdir, ancak başkası üzerinden kendi nefsimizi temize çıkarmaya çalışırız ve kendi doğrularımızı anlatma çabasına gireriz.

Temel nokta ise kendimize yakıştırmadıklarımızı başkasına yakıştırarak üzerimizdeki kötülüklerimizi örtmek ve ona yüklemektir bu.

Bunun bizi kısa vadede rahatlattığını zannetsek bile uzun vadede huzursuz kılar, çünkü öncelikle zanlarımızla başkasının hakkına girmişizdir.

Akıl ve kalp
dengesini iyi sağla.

İki Kanat

Kuşun bir kanadı nasıl kırıldığında uçamaz ise, bizler de hayatımızda akıl ve kalp dengesini bir arada tutamadığımızda problemler yaşamaya başlarız.

Kalbimize hitap eden duyguları doğru bir mantık çerçevesinde hayatımızda değerlendirmeye almadan veya sadece mantığımıza uymuyor diye kalbimizden atmaya çalıştığımızda, sıkıntılardan kurtulamaz hale geliyoruz.

Akıl ve kalpten hangisini eksik bırakıp daha fazla diğerine yükleniyorsak, fazlalık olan tarafta aşırılığa gidiyoruz. Kalbi ve aklı besleyebildiğimizde ise, aynı derecede birlikten güç doğuyor.

Hayatı ve olayları doğru okumak istiyorsak, akıl ve kalbi uyumlu hale getirecek kaynaklardan beslenmemiz gerekir.

Var olan
kimliklerimizle
değil, kendimizce
oluşturduğumuz
kimliklerle yaşıyoruz
hayatı.

Kesitler ve Düşünceler

Başkalarının hayatları güzel ve hiç sıkıntı çekmiyor gibi görünür genelde bizlere, karşımızdaki kişinin hayatının küçük bir zaman kesitlerini gördüğümüz için, bize söylediği her kelimenin sanki tüm hayatını kapsadığını düşünürüz.

Sosyal medya hesaplarındaki resimler gibi zannederiz hayatlarını da; ne zaman girsek hesabına bize gülümsüyordur veya koyduğu fotoğrafta sürekli geziyor ve mutlu imajı zihnimize kazınıyordur. Biz ise evde yalnız veya en sıkıntılı anımızı yaşıyoruzdur.

Bizlerin var olan kimliklerimizi değil de kendimizce oluşturmaya çalıştığımız kimlikler ile yaşıyoruz, bu kimlik bilgilerinde ise gerçekliğe yer çok az var.

Sürekli mutluyuz, sürekli istediklerimiz oluyor gibi imaj oluşturarak karşımızdaki insanlarda da kıskançlık duygusunu başlatıyoruz ve biz de yalancı kimliğimize alıştırmaya çalışıyoruz başkalarını.

Kendinle yüzleş
ve içini yaksa
da sorularını sor
kendine.

Kendine Cevaplar

Sorular sordun mu kendine gerçekçi ve içini yakan? Benim takıntılarım ve çözmek istemediklerim nelerdir? Kimin sırtında yüküm?

Kimine egom için zarar verdim, kimini ise hazlarıma alet ettim diye...

Cevaplarından hoşlanmayacağın sorular geliştirir seni bu hayatta. O zaman dumura uğrar gibi olursun, başın döner, beyninden vurulmuşa dönersin, rahatlık ve konfor arzun artık yerini rahatsızlığa bırakmıştır. Nefsine hoş gelmez en başta, seni başka zevklere müptela etmek ister, senin farkında olsa yine yoldan çıkarmaya çalışır seni, amacı yine seni seninle yüzleştirmemektir.

İyileşmene neden olacak her şeyden uzak tutar seni. Ancak bunu direkt yapmaz, dolaylı yoldan daha mutlu olacağını düşündüreceği alanlara kaydırır seni ve orada konaklamanı ister, ancak bunları hep ücretsiz gibi yapıyormuş gibi gösterir, sonradan tüm hesabı da sana yükler ve uzaklaşır.

Zaman geçtikçe
mesajlar farklılaşır,
beklentiler değişir.

Ne de Olsa...

Böyle gelmiş böyle gider düşüncesiyle anların geçer birer birer, ne bir umut vardır gözlerinde ne de bir iyileşme kelimelerinde, ne de olsa herkes benim gibi diyerek rahatlatmaya çalışırsın kendini.

Çocukluğundan beri yakanı bırakmayan el âlem artık farklı bir duyguyla ortaya çıkmıştır. Başkasına göre konumlandırıldığın için küçüklüğünden beri, büyüyünce de değişmez bu; mesajlar farklılaşır, beklentiler değişir sadece.

Başkası senin mutluluğun gibi mutluluk yaşamasın istersin ya da çektiğin acının aynısını çeksin istersin.

Düşünce ve davranışlarında olgunlaşma sürecine giremediğin her an için ise kendinden kaybettiklerin hızla artmaya başlar ve bir an gelir ki, artık senin de önüne geçemediğin bir boyuta geçer...

İnsan en büyük
kötülüğü bir
başkasına değil
kendine yapar.

Bağımlı Özgürlük

Hayattaki en büyük kötülüğü başkasından bekleme; insan en büyük kötülüğü yine kendine yapar.

Kendinden başlayarak sürecin içinde izin veriyorsun başkaları da senin hayatına müdahil olsunlar diye. Buna izin vermek için elinden gelen ortamı oluştururken, kendini bağımlı kişiliğinden kurtaramıyorsun.

Başkasından güç aldığını düşünüp özgürleştiğini zannettiğin sürece, gittikçe sarmal bir yapıya bürünüyorsun, bu yapıdan kaçmaya çalıştıkça ise, her yeri halatlarla bağlı bir insan gibi daha da çok vücuduna zarar veriyorsun.

Özgürlük anlayışını, nefsinin ve başkalarının hapsine girmekte buluyorsun. Asıl özgürlük; insanlar ile sınırlarını bilerek bir yaşam biçimi kurmak ve senin özeline yapılan müdahalelerden korunmaktır.

Geçmiş ile gelecek
arasında sallanır
durursun. Bir
bakmışsın anı
yaşayamaz hale
gelmişsin...

Geçmiş ve Gelecek

Nereden başlayacağını bilemezsin bazen, ne yapacağına karar vermeden zamanın geçmesini beklersin, çünkü bir şeyi seçmen diğerinden vazgeçmemendir.

Birisini seçince genelde diğerinde kalır aklın, bu sefer seçtiğinin de tam olarak hakkını veremezsin. Hep arada sallanan bir salıncak gibi bir oradan bir oraya gider zihnin, geçmiş ve gelecek arasında sallanır gibi anı yaşatamaz sana. Zamanını şu an olarak bilmemen için elinden geleni yapar, bazen seni gelecekte yaşatır. Zihin âleminde olmayan anlara vücut verirsin farkında olmadan, bilincin ayırt edemez olur artık. Senin için bir kaçış olmuştur hayallerin, orada mutlusundur, karar vermek yoktur orada; verilen doğru kararların mutlulukları vardır sadece.

Hüzün kovmaya çalışırsın hayatından veya geçmiştedir sürekli düşüncelerin bu sefer de başarılarında, alkışlanmalarında, orada da yaşamaya başlarsın geçmişinden sürekli övünür bir hal alırsın artık ve bu an için bir şey yapamaz hale gelirsin.

Hiç gelmeyecek gibi gelen
yıllar artık şu an seninle, hiç
yüzleşmeyeceğini sandığın
anlar artık farkındalığını
kanıtlaman için hazır olan
günde bekliyor seni.

Anlarla Yüzleşme

Sürekli imtihandadır insan. Verilenler ve verilmeyenler ile, elinden alınanlar ve ona verilmeyenlerle bakalım yokken sabredebilecek misin; varken de şükredebilecek misin diye...

Kendini bırakacak mısın umutsuzluk deryalarına veya rehavet çeşmelerinden oluk oluk sular mı içireceksin kendine. Kazandıklarını başkaları ile paylaşabilecek misin, yoksa kazanma yolunda adımlar atarken hep ben mi kazanmalıyım diyeceksin?

Anlık kararlarına ve haz dolu düşüncelerine nefsin onay verirken, vicdanın istemez haldeyken bu çatışmaları ne ile çözeceksin, kazançların artık kaybedişin için birer kaldırım taşı vazifesi mi görecek, yoksa o yollarda beraberce yürüyebileceğin dostlar mı edineceksin, başın dönmeden gelene de gidene rıza gösterebilecek misin?

Başkaları için kendinden
vazgeçebilir misin?

Kendine Rağmen

Kendine rağmen yaşar mısın hayatı; öfkeni ve kibrini farklı alanlarda doğru yönde kullanarak, duygularını verimli coğrafyalarda yaşayarak? Sinirlendiğinde susmanın ne kadar önemli olduğunu öğrenmek istemez misin?

Başına gelenlere karşı sabırlı olmayı, kendi isteklerine rağmen sadece ve sadece biz bilinci içinde başkasının da önceliklerini gözeterek egondan vazgeçebilir misin?

Başkaları için kendinden vazgeçebilir misin; yaşatmak uğruna yaşayabilir misin; başkasını yaşattıkça nefes alış verişini hissetmek ister misin; kendi rahatlığına rağmen başkasının mutluluğu için o rahatlığı bozmak ister misin?

Bunları yapınca ne mi olacak sorusunu sorarsın kendine ama bir defa da olsun bir şey karşılığında değil de sadece yapman gerektiği için yapmayı dener misin?

Zaman akıp geçiyor
ve belleğimize birer
anı olarak yerleşiyor.

Hatırlar ve Süreç

Her an yitip gidiyor elimizden, kayıp gidiyor ve hatıralarla birleşiyor.

Belli bir yere yerleşiyor yaşadıklarımız ve belleğimizde sürekli döndürüp dururuz yaşadıklarımızı.

Keşkelerimiz ve endişelerimiz ilmik ilmik dokur şu an yaşadığımız anlarımızı. Kaygılarımızla ve pişmanlıklarımızla yüzleşememek için belki de kahkahalarımız, kendimizi farklı gösterme çabamız, belki de kaçışlarımızdır.

Farklı göründükçe başarılıyım duygusu, başkalarının düşüncelerinde sürekli var olma çabası, bir şey yapmadan, emek göstermeden elde etme çabası, sorumluluk almadan olgunlaşma isteği... Hep bu düşüncelerle geçiyor saniyelerimiz... oturduğumuz yerde düşünüyor, ayağa kalkıp üzerine gitmekten imtina ile geri duruyoruz.

Kırılan hayallerin miydi, yoksa kendinle ilgili düşüncelerin miydi? İlk defa kendine bu kadar yakınlaştığın için mi duygulandın, yoksa gerçekten üzüldüğün için mi?

Karışık Düşünceler

Gözyaşların akıyor bak yine yanağının üzerinden ellerine, yine beklediğin gibi olmadı.

Kaybedişlerin bir daha geri gelmeyecek diye mi, yoksa yalnız kalmaktan korktuğun için mi bu kadar endişeli tavırlara büründün?

Mutluluğun için bir araç gibi mi gördün karşındaki insana belli bir zamana kadar elinde tuttuğun ya da değiştiremediğin için artık yorulup vaz mı geçtin, neden değiştirmeye çalıştın peki? Kendi kendinin doğru olduğunu peşinen kabul mü ettin? Nerden biliyorsun ki sen onu değiştirdiğinde mutlu olacağız? Önemli olan tamamlanmak değil miydi, sende olmayanı onunla, onda olmayanı da seninle tamamlayıp tamamlanmak? Bu yüzden bir araya gelmez miydi insanlar?

Başkaları ne düşünür
diye düşünmeyi bırak...
Mutlu olmaya bak!

Garip Çelişki

Sürekli doğru yapman gerekirdi işleri sana göre. Bu seninle ilgili değildi aslında, başkası ne der kelimeleriyle doluydu zihninin dört bir yanı. Bu düşüncelerle yıllarca didindin durdun, alkışlar peşin sıra geldi mutlu oldun, bu mutlulukların kısa vadeli olduğunu görünce, sen de sürekli hale getirmeye çalıştın, başkası için yaşarken onu iyileştirme ve geliştirme adına değil, onun düşüncelerinde yer edinmeye çalıştın. Oysaki her insan bir vesileydi, bizleri ya yanlışa ya da doğruya sürükleyen.

İnsanların dedikleri gibi yaşadıkça içten içte onlara kızgınlık duymaya başladın zamanla, ne gariptir ki hem onlara kızıyor hem de onların istediği gibi yaşıyordun...

Boş yer bulup da
oturmuyorsun
kendi dünyana

Ayakta Yolculuk

İçinde karmakarışık düşünceler olduğu için gerçek kendini görmen için öncelikle etrafı toparlaman gerektiğini aklına getiriyorsun, çekidüzen vermeye çalışıyorsun her şeye. Düşüncelerin değil sadece darmadağınık olan; hayatının her alanında bu sorunu yaşıyorsun.

O yüzden eşyalarının hiçbirisi yerli yerinde değil, dağınıklığı gördükçe rahatlıyorsun, içindekinin aynısını dışında da görerek; içindekini bir an olsun unutturuyor ve eşyalara yüklüyorsun anlamları.

Toparlanmak daha kolayken, neden insan zor olanı seçer? Seçtikten sonra neden tekrar pişman olur? Doğru yolda levhalar ve haritalar varken, her şey elinde varken neden kendisine göre bir yol çizmeye çalışır? Kendine güvenmeyi ilk sıraya koyduğunda, aciz olduğunu neden unutur ve gerçekliğinden kopacağı, kendi hayal âleminde yaşayacağı ve bir türlü toplanamadığı yaşamlardan kurtulmak istemez?

Yaşadıklarımız asla
nedensiz değildir...

Kendinde Olmayan

Nedensiz yere zannedersin bazen yaşadıklarını, bir anlam silsilesi oluşmaz zihninde, yargılarını ön plana çıkarmaya başlamışsındır.

Kendinden olmadığını düşünürsün, karşı tarafa yüklersin sürekli acılarını ve hayal kırıklıklarını. Umutlarını bağladığın insanlardan kısa bir süre sonra zarar görmeye başladığın anda çelişkiye düşersin. Kalbin ve mantığının ikilemleri seni bırakmaz olur, peşin hükümlerin daha da pekişmeye başlar.

Hep evhamla geçer ömrün, önüne çıkan her insana eskiden yaşadıklarından çıkardığın dersler ile değil, korkularla yaklaşırsın. Acaba yine aynısı mı olacak veya acaba sonucunda sıkıntılarıma bir çare bulabilecek miyim diye...

Yetenekli ve çalışkan insanlardan ziyade güvenilir insanlara ihtiyacımız var, çünkü güvenilir insana iş öğretebilir ve başarılı hale gelmesine de destek olabilirsiniz. Ama sadece yeteneği olan insana güvenilir olmayı öğretemezsiniz. Evet, ilki çok çalışır ve uzun vadede seni yalnız bırakır. Diğeri ise yavaş yavaş öğrenir ve uzun vadede seninle takım olarak kalır.

Yetenek ve Kendini Tanımak

Kurumlarımızda en büyük sıkıntı, hepimiz çok güzel sözler söylüyoruz, ama yapma konusunda sınıfta kalıyoruz. Söylemlerimizle herkesin hayal dünyasında bir imge oluşturuyoruz. Ancak eksik yaptığımız eylemlerimizle karşı tarafta bir hayal kırıklığına ve güvensizliğe neden oluyoruz.

Birbirine güvenmek ilk başta doğruculuğu getiriyor; neyi yapabileceğini, neyi yapamayacağını, neyden vazgeçeceğini ve yarı yolda bırakmamayı...

Bizler genelde anı kurtarmak için sözler verip ardından bu sözleri nasıl yerine getirebiliriz diye düşünüyoruz. Önce söylüyor sonra düşünüyoruz, önce düşünsek sonra konuşsak sıkıntılarımız 10'dan 1'e iner.

Neden mi mutsuzuz? Artık sohbetler derinlemesine değil. Ne arkadaşlık, ne dostluk, ne evlilik ne de kurumsallık, ne akrabalık ne de komşuluk... Dışından bakarsan fotoğraf güzel, içine bakarsan yalnızlık çığlıkları... İnsan sohbetin derinine, duygunun zirvesine, samimiyetin içine ulaşamadıkça her yerde poz vermeye devam edecek. Bu yüzden sevmek yerine eğlenmek, saymak yerine geçiştirmek istiyoruz. Mutlu olamıyoruz, çünkü sohbetlerimiz içimize işlemiyor. Dışımızı süslüyor.

Manzara ve Gerçeklik

Kısa vadeli hazlarla mutlu olmaya çalışıyoruz artık. Uzun vadeli mutluluklar çünkü bizden fedakârlık, diğerkâmlık bekliyor. Artık tahammülümüz kalmadı karşımızdaki insanın yanlış bir hareketine, en başta da kendimizi düzeltmeye çalışmıyoruz.

Sanki mutluluklar rafta duran birer neşe gibi ve istediğimiz zaman alabileceğimizi düşünüyoruz. Bu düşüncelerimiz ise bizlerde kullan–at kültürünün oluşmasına neden oluyor, kullanıyoruz bizi mutlu eden kişiyi ve mutlu etmediği zaman ise bırakıyoruz.

Kendimizi en merkez konuma getirdiğimizde sadece dünya bizim etrafımızda dönsün istiyoruz; oysaki başkalarının hayatlarını çoğu zaman görmezden geliyoruz.

Güvensiziz birbirimize aslında, hayatımız sürekli kendimizi başkalarından koruma düşüncesiyle geçiyor, korkularımız tüm bedenimize sirayet etmiş gergin bir şekilde hayata devam ediyoruz.

Her ayrılık yeni beraberlikler getirir. İnsan kimden ve neyden ayrılması gerektiğini doğru analiz edebilmeli. Bazen bir insan, bazen bir düşünce, bazen de bir duygudur ayrılmamız gereken. Bitiremediğimiz alışkanlıkların oyunlarıyla dolu ömrümüz. Belki de ayrılma cesaretimizin olmamasından bu hallerimiz. Bilmeli ki insan; akıl, kalp ve ruh özünü ister. Tek derdi gerçekle buluşmak. Ama bize zor gelen, sonradan toplanan yanlışlardan kurtulmak.

Sonsuzluk ve Sonluluk

Hiç bitmeyecekmiş gibi gelir insana bazen hayat, hiç bitmeyecekmiş gibi başlar ilişkiler ve hiç yaşanmayacak gibi düşünülür ayrılıklar ve hüzünler...

Gözyaşların hep bekleyecek gibi zannedilir pınarlarında, umutsuzluklar hiç kalbimize gelip yerleşmeyecekmiş gibi.

İnsan ister ki hiç bitmesin kendi hayatındaki güzellikler; sürekli olarak her bir anının diğer bir anından daha güzel olmasını ve mutlu edilmeyi ister. İşte, bu noktada düşünce yanlışlığı şudur ki, insan bu sonsuz ihtiyaçlarını sonlu olan dünya hayatında karşılamaya çalışır. İşte orada da sorun başlar, hem düşüncelerde ve davranışlarda sınırlarını bilemez ve neyi ne zaman, ne şekilde yapabileceği konusunda da kafası sürekli karışık olur.

Bir daha gelmeyeceğin bu dünyayı ihmal ederek mi yaşamak amacın? Senden sonrakilere, sana verilmiş ne varsa sağlam bırakmalısın. Bastığın toprak, aldığın nefes, etrafındaki insanlar ve tüm canlılar; hepsi senden önce ve seninle vardılar, senden sonra da olacaklar. En büyük görevin olmalı, emanetlere bakmak ve emanet etmek. Çok büyük şeyler yapmana gerek yok. Gözün gibi bak canlılara ki, gözün arkada kalmasın.

Sahiplik ve Emanet

Bizler ne zaman ki bize verilenlere, sahip olduklarımıza sürekli bizde kalacak diye bakarsak, orada problem başlıyor, çünkü bizlere verilen ne olursa olsun emanet olarak görmeliyiz. Karşımızdaki insana da öyle davrandığımızda, hem kendimizin hem de karşımızdaki insanın fıtratına uygun bir yaşayış tarzı kurmuş oluruz.

Bir taraf emanet, karşı taraf ise sahip olma dürtüsüyle baktığında ise o noktada emanet olanı değiştirme arzusu başlıyor. Değiştirme arzusu ise bu sefer her iki tarafı da bitmek bilmeyen bir rekabete sürüklüyor ve bu rekabet ise öfke, kibir ve psikolojik hastalıklara meydan veriyor.

Bazen olmayacağını zannetsen de aldığın yol çok şey öğretir, yeni insanlar tanıtır. İstediğin olmasa da başka fikirlere kapı açar. İnsan her şey boşaymış diye düşünürken bir telefon gelir. Bu yolda tanıştıklarınla alakalıdır. Sonra kendine dersin, o iş olmadı ama bak seni tanıdım. Vardır her sorunda bir fırsat. Onu da sonunda anladım.

Verimli Fayda

İnsan yaşadığı sürece her şey ile ilgili bir anlama çabasına girer ve bu çabası sonucunda elde ettikleriyle mutlu olacağını düşünür.

Bundandır ki zamanımızda kalbin önünü mantık almaya başlar; mantığıma uyuyorsa yaparım uymuyorsa yapmam düşüncesi meydana gelir. Oysaki kalp ve mantığın bir arada olduğu, birbiriyle rekabet etmeden ve birbirine karşı gelmeden yolculuğu daha mühimdir. Ne zaman ki sadece kalple veya sadece mantıkla düşündüğümüzde işin içinden çıkamıyorsak, ikisinden de süreç içinde en verimli şekilde faydalanmamız gerekir.

En verimli kullanım ise her zamanı ve tüm insanlığı kapsayan bizleri yoktan var eden Allah'ın bizlerden yapmamızı ve yapmamamızı istedikleri ile olmalıdır. Yoksa insan her gittiği yolun doğru mu yanlış mı çelişkisinde kalarak kaygı ve endişeyle öğrenme fırsatını da kaçırmış olur.

Başına gelenleri topla bakalım,
hepsini nasıl çözebildin?
Çözemediklerine bak bakalım! Neydi
eksiğin neydi bilmediğin? Şimdi
olacakları bir düşün. Her şeye hazır
mısın? Çözemeyeceklerine razı mısın?

Ruh ve Beden

Zamanın hızlı hareket ettiğini düşünerek, başımıza gelen şeyleri çok fazla düşünmemize zaman ve gerek yok gibi düşünürüz. Bu algımızdan dolayı ise yüzeysel olarak düşünüp derinlere erişemeyiz, derinleşemeyen her düşünceyi ise içselleştiremeyeceğimiz için ruh ve beden ayrı hareket etmeye başlar.

Terbiye edilmeyen düşüncelerden sonra beden ruhu kendi hazları için kullanmaya çalışır. Oysaki ruhun özgürleşmesi ve gerçek huzur, bedenin ruha ayak uydurmaya çalışmasıdır.

Beden kendi isteklerini ruhun isteklerinin önüne almadan meşru daire içerisinde karşıladığı zaman işte o zaman ruh ve beden, ikisi de uzun vadede rahata erecektir. Diğer türlü kafamız hep karışık, duygularımız bulanık ve kapanmayan yaralarımızla yola devam etmeye çalışırız.

Bize kaldı yine bu saatler. Ya birbirimizi düşüneceğiz ya da sadece bizi.

Benliğin Bizcesi

Biz olma bilinciyle yaşanamayan her birliktelikte benlik ön plana çıkar. Herkesi kendi köşesine itmeye sevk eder.

Ummadığı şekilde artık davranmaya başlar, kendisini mutlu ettiği sürece tahammül ettiği bir model oluşturur, sevildiği sürece sever.

En sonunda ortaya çıkan, ancak ilk baştan beri belli olan düşünceyle aslında sevilmek için sever.

İnsan ilk önce kendini, nefsini sever, sonra hayatta alakadar olduğu şeyleri, kendi nefsine başkalarını harcayan kişi her zaman yanılsamalardan ve yokuşlu yollardaki virajlardan düşme tehlikesi içindedir.

İnsan burada şu soruyu cevaplamalıdır: Nefsine boyun eğer, bir şekilde nefsinin emirlerine mi kulak verecektir yoksa nefsini sonsuz mutluluğun adımlarında eğiterek, ona acıyarak ehil hale mi getirecektir?

Bazen eski bir anıyı hayal yapar
insan kendine. Yıllar geçer,
her acıdığında içi, ona sarılır.
Dönüp bakmak istemez, çünkü
değişmesinden korkar. Çünkü
insan hayalindekiyle hatırlamak
ister, yıllar o gerçeği değiştirir,
insan da ondan korkar.

Öykünme

İnsanoğlu rahat ve konforunu değiştirmek istemez çoğu zaman, kendisini avutmakla geçer ömrü, değiştirmeye kapatır kendini, yeniliklerde boğulacağını zanneder.

Hayatının altüst olmasından korkarak yaşar ve adımlar atamaz, her yenilik çünkü bir gelişme fırsatıdır ve yeni düşünme biçimi gerektirir. Oysaki bunları yapmak da insanın acı verici bir süreçten geçmesi demektir.

Geçmişe ait takıntılar oluşturur kendine ve söylenir durur, yitip giden ve şu an olmayan geçmiş başarılarıyla övünür ve yaşadığı anda yaşatmak ister onları da tekrar tekrar, o yüzdendir ki savunma mekanizmalarında hep geçmişe dair öykünmeler vardır...

Kendini kazanman
için, başkasını
kaybetmen
gerekebilir. Çünkü
onlar, senin
kendin olmanı
engelleyenlerdir.

Güçsüzlük

Karşımızdaki insanlar çoğu zaman kendi acılarını senin de çektiğini gördükçe içten içten sevinirler ve rahatlarlar. Bu; kişiye o da senin gibi duygusunu verirken, aslında farkında olmadan kendi acılarımızı öncelediğimizin de göstergesi olur.

Kendimizi bulma yolculuğunda bir insana eğer ki yol gösterici olmak istiyorsak arka arkaya durmak yerine yan yana bu yolculuğu geçirmek durumundayız.

Oysaki biz de kendimize olan güvensizliğimizden, bizden daha güçlü olduğunu düşündüğümüz kişileri arkamıza almaya çalışır ve onlarla övünürüz.

Bu durumdan ilerleyen zamanda kurtulmaya çalıştığımızda ise, geçmişte sana yapılanlar fazlasıyla senden alınır ve bir bir yüzüne vurulur...

Günün ne getireceğini bilemezsin, ama başına gelecekleri hangi duygularla karşılayacaksın, bilebilirsin. İnsanı olaylar değil, onları çözememek sıkıntıya sokar. Her çözüm bir iyilikten sonra gelir, hadi bir iyilik yap ama dikkat. Ben hayattan şunu öğrendim; kuşlara attığın ekmekler geri geliyor, çöpe attıkların değil.

Cevaplar ve Bakış

Zamanını nerede harcıyorsun sorusunu duyduğunda hangi cevaplar geçiyor zihninden, bu cevaplar seni ne kadar gerçekten ifade ediyor?

Hangi duygularla neye karşı bakış açısı geliştiriyorsun, duygularını düzenlemeden önce onları tanımanın vakti gelmedi mi?

Bilinmeyen bir zaman korkutur insanı, önemli olanın korkularının nedenini bilmek olduğunu ne zaman düşünmeye başlayacaksın?

Kendisiyle yüzleşmek insana en başta sıkıntı gibi gelse de duygularını anlamlandırma açısından önemlidir, nerede hata yaptığını görmen için neyin eksik olduğunu bilmeden nasıl tamamlanacaksın ki?

Sen, hangi doğruların için yanlışlar yaptın? Yoksa hatam yok diyenlerden misin? Sen, hangi iyiliklerin için artık pişmanım diyorsun? Yoksa hiç kötülük yapmadım diyenlerden misin? Söylesene be insan, kim kandırdı seni de? Senin dışında herkesin zalim olduğuna inandın? Yoksa buna inanıp kendine yabancılaşanlardan mısın? Kendini bul artık ve yüzleş. Ve gör hepimiz aynıyız. Yoksa sen de "ben farklıyım" yalanına inananlardan mısın?

Duruş ve Bakış

Kendimizi sürekli olarak temize çıkarma çabamızdan dolayı başkalarına karşı savunma mekanizmalarımız oluşuyor ve gittikçe yalnızlaşıyoruz.

Yüzleşemediğimiz gerçeklerde saklı aslında bizle ilgili olan detaylar, detaylarla ilgilenmeyip sadece seninle ilgili olan ve başkasının düşüncesi olan yargılarla mı avunacaksın, yoksa kendini tanıma yolculuğuna çıkmak için adım mı atacaksın? Bu adımı atmadan önce samimiyetle hayatını düzenleyip hakkın geçtiği kişilerden helallik isteyecek misin, yoksa senden güçsüz olarak gördüğün kişilere acı çektirdiği zaman normal görüp; senden daha güçlü olan kişilere karşı el pençe divan mı duracaksın?

Bazı insanlara, bazı sıkıntılara ne de olsa geçecek gibi bakın. Onlara sahip değiliz, getirdikleri de, götürdükleri de geçici. Senden götürdüklerini iki şekilde düşün. Birincisi; sana ne öğretti giden? İkincisi; ona ne öğretecek senden giden? Bak; ilkinde öğrenci, ikincisinde öğretmensin.

Anlam ve Hayat

Kendimize bakan yönüyle değerlendiririz olayları ve hayatı, yoksa bizim bakış açımızla göremediğimiz, ancak binlerce nedeni ve sonucu olan olaylarla yaşarız. Hiçbirisi tesadüf veya amaçsız değildir, ancak tüm kötülüklerin arkasında bizlerin ait olduğu çarpık düşünceler yatar ki, bunlar ehlileştiremediğimiz egolarımızı, hırsımızı, kibrimizi doğru yöne yönlendiremediğimiz duygularımızı, bir volkan gibi paylaşmayı bekleyen geçmişteki sorunlarımızdır.

Her insanın farklı zamanlarda farklı rolü vardır bu hayatta olsa da olmasa da, çoğu zaman kaybettiğimizde anlarız değerini. Varlığımızın değil, yokluğumuzun da vardır bir anlamı...

Kalbin zenginliği kalp
kazanmakla olur. Kalp
kıran fakirdir, gün
gelir sevgi istiyorum
diye dilenir.

Kalp Kırıntısı

En rahat olarak yaptığımız bir spor dalına dönüştü birbirimizin hakkında ve kalp kıran cümlelerle konuşmak, birbirimizin eksikliklerini ortaya çıkarmak. Oysaki bana yapılmasını istemediğim şeyi başkasının yapma düşüncesi, tüm bu olumsuzluklar teorik anlamda bize engel olurken, pratik hayatımızda unutup tekrardan aynı hataya düşüyor ve kendimizi sığ sularda başkası hakkında konuşurken buluyoruz.

Yüzüne söylemekten çekindiklerimizi arkasından rahatça dile getirebiliyoruz, duyduğu zaman kırılabilir mi, yoksa yanlış anlar mı diye düşünmüyoruz...

Oysaki en büyük sevgi, kalbe giden yolda kalbi kelimelerle konuşmaktır, nefsi kelimelerle değil...

Binlerce dünlerin
oldu, belki bir
o kadar yarınların
olacak ama sadece
bir tane bugünün var.

Dün, Bugün ve Yarın

Geçmiş ve gelecek düşüncesi insanoğlunu sürekli düşündüren ve yönlendiren birer olgu, bu kavramları hayatımızda gereği gibi anlamlandıramadığımızda bize verilen anların kıymetini bilemiyor oluyoruz.

Geçmişten edindiğimiz tecrübelerin yerine korkuyu, gelecek ile ilgili olan planlama düşüncemizi ise evhama bıraktığımızda gelmesi muhtemel yarınları bugün ile birlikte kaybetmiş oluyor, ne geçmişten bir şey öğrenebiliyor, ne bugüne bir şey katabiliyor ne de yarına umutla bakabiliyoruz...

Öyle bir zaman
ki, herkes hızlıca
arkadaş, çabucak
dost, bir çırpıda
düşman oluyor.

Hız ve Kaybedişler

Çok çabuk yitirmeye başlıyoruz artık değerlerimizi, hemen ve hızlıca yaşıyor, hiç yaşamamış gibi oluyoruz en sonunda da. Hızlandıkça ve tükettikçe mutlu olma zannı bizlerde karşımızdaki insana veya eşyaya saygıyı da yitirmemize neden oluyor, bu saygı ilk önce kendimize karşı yitiyor ardından tüm çevreye dağılmaya başlıyor...

Sırrımızı veriyoruz en yakınımız dediğimiz kişiye ve bir bakıyoruz ki daha sokağın başından dönmeden başkasından duyar oluyoruz.

Samimiyetle anlattıklarımı ve paylaştıklarımı belli bir süre sonra arkamdan iş çevirmek için kullanır hale geldiği görülüyor...

Doğrular hemen gelmez insanın hayatına, ilk önce anlık zevklerle kafanı karıştırır. Yapman gereken kısa vadede gelenleri reddetmen.

Seçimler ve Kazanımlar

Herkesin kendine göre bir imtihanı vardır, herkesin farklı zamanlarda, farklı şekilde meydana gelir, hiçbir insan başıboş değildir ve anlamsızca hayatta bulunmaz.

Hayatta bizler seçimlerle ilerliyoruz ancak bu seçimleri yaparken de düzgün bir irade ortaya koymamız gerekiyor, düzgün bir iradeyi oluşturmak için de sağlıklı bir düşünce yapısına ve bakış açısına ihtiyacımız var. Bu edinimleri kazanmak için ise doğru ve yanlışı ayırt etmek önemli olan; ayırt edebileceğimiz edinimleri ise yaşadığımız tecrübelerden ve kitaplardan okuyarak alıyoruz.

Yarın da geçmiş
olacak... Şimdiyi yaşa.

Eksiklik ve Anlar

Neyi saklayabildin hayattan? Çıkmadı mı yıllar sonra karşına? Unutturdun başkalarına belki, ama senin hep aklında değil miydi? Bir şey olmaz dediğin acıların, kapat diye çıkmadı mı onca zaman sonra? Sen her aşkında çocuk, her işinde yetişkin rolü oynamadın mı? Al hakkını dediler de alamadıkların için Allah'ı aramadın mı? Sana yapılan haksızlıkları sadaka diye vermedin mi? Verdin... An geldi de kaldırıp başını gökyüzüne derin bir nefes almadın mı? Ne varsa yaşadığın çok şükür deyip, olmasını istediklerine inşallah demedin mi? Evetse cevabın, yaşadın sen de. Şunu bil dostum: Hiçbir şey tamamlanmaz bu hayatta. Her şey biraz eksik kalır. Ne aşk sonsuzdur ne de nefesin. Ne dostluk ne de işlerin. An gelir sen de her şey boş dersen; şimdiyi doldur, şimdiye inan. Çünkü her şey hemen yaşanır ve geçmiş olur. Yarın bitecekse, şimdiye iyi bak. Birazdan şimdi de bitecek.

Küs kalmayı en iyi
büyükler bilir.

Büyüyen Çocukluk

Bana çocuk dediklerinde; dilime şeker tadı, aklıma sorumluluklar, duyguma şefkat ve kalbime şükür gelir. Doğdukları gün geleceği daha çok önemsiyor insan. Bazen sırf acı çekmesinler diye dünyayı temizlemeye çalışıyor anne baba. Kendi geçmişini tekrar yapılandırıyor insanlık. Bazen onlara bakıp inşallahla başlayan binlerce cümle kuruyoruz ya! İnsana inadına yaşama isteği veriyorlar. Üç şeyden haberleri yok: Öldürmek, süründürmek, sevmemek. Onlar dünyanın kahramanları. Büyüklerin üzdüklerini küçükler güldürüyor. Onlar tebessümün askerleri ve zulmün en büyük düşmanları. Onların silahları su sıkar, bebekleri hep güler. Onların tebessümlerini sadece yetişkinler yok eder, çünkü çocuklar birbirlerini ağlatsalar da bir şekilde özür dilerler. Bu dünyada küs kalmayı en iyi büyükler bilir.

Dünyaya denge, insana
şifa, gözlere manzara,
kalplere huzur vermekten
bıkmamış doğa.

Koparken Bağlanmak

Belki de en derin huzursuzluklarımızın sebebi doğadan kopmak. Hani insan, hayvan ve doğa dostluğu. Yaradan boşuna mı birbirimize sorumlu kılmış bizi? Hatırlamaktan ziyade, unutmakta daha samimiyiz. Her zerresi, her damlası bir araya yüzyıllardır gelmekten bıkmamış. Biz ise şehir yaşamlarında evlere tablo yapmış halde iç çekiyoruz. Biraz ara verip alışkanlıklara, biraz sırtını dönüp kalabalıklara... Bak yaratılmışlara. Dua et küsmesinler bize. Biz daha şükretmemişken, gitmesin ellerimizden. Teşekkürler Allahım, her şeye rağmen nasip ettiğin için. Birbirimize küsmemize rağmen, ısrarla hatırlattığın için.

Misafiriz bu dünyada...

Dünya ve Kavrayış

Ne sırtımızı dayayabildik ne de tam anlayabildik seni dünya. Bir bir geçen zamanı, ne tutabildik ne de durdurabildik. Ne geldiyse elimize kaydı gitti zamanla. Koş dediler, coş dediler, sahip ol dediler. Ne bilelim, inandık. Ne koşunca yakaladık ne de yarışınca. Biz sana yakalandık dünya. Tüm acı duraklarında bekledik, sorguladık değer mi diye. Tüm mutluluk yollarında çığlık attık durma diye. Acı da geldi gitti, mutluluk da. Hiçbiri kalmadı. Galiba sıkıştık seninle kendimiz arasında. Belki de hep mutlu olacağız diye kandırdılar, inandık. Ya da işimize geldi diye, öyle sandık. Sen yolmuşsun, biz de yolcu. Sen hancı, biz ise misafir. Bırakmaya karar verdik senin sunduklarını. Emanete verir gibiymiş senden kalanları. Hepimiz başka köşende, başka şekilde misafir. Hepimiz en iyi köşene talibiz bir bir. Ulaştıkça tadın azalıyor zamanla. Çünkü sarayın olsa içinde yalnızız, barakan olsa yine yalnızız içinde. Hepsi bir illüzyonmuş anladık. Evlat, aile, arkadaş, dost hepsi emanet. Ya bakacağız sevgiyle, saygıyla, sahiplenmeden ya da sadece edeceğiz seni ziyaret. Seni de beni de yaratanın sözü gibiyiz, hepimiz aynı cümledeyiz. Yaratıldık ve öleceğiz, gerisi uydurma kehanet.

Bugün sevdiklerinle ol...

Bugün Ne Yaptım?

Bugün telefonu elinden uzak tut ve dik dur. Teknoloji kamburu olma. Bugün sosyal medyadan takip edip, başkaları hakkında önyargılı olma. Sevdiklerine e-posta atma, en azından birinin yüzünü gör, öp, heykel olma. Ne duyarsan duy, hemen inanma! Biraz düşünmeye çalış. Başkalarının dedikodusunu yapanların yanında durma, gerekirse tek başına kal, kalbinle konuş. Uzun zamandır kullanmadığın bir eşyanı ihtiyacı olana ver, yükün azalsın. Haberleri izleme, hatta TV izleme, sanal yalanlardan uzak dur. Kendi gündeminde kal ve şu soruyu sor: Bugün insanlığa hizmetim ne olsun? Bunu düşünürken de yap bir köpüklü kahve ve keyfini çıkar.

Başarmak aslında çok da
zor değil...

Hırs ve Başarı

Başarmak için büyük cümlelere gerek yok. İnsan yaptığı şeyi çok fazla seviyorsa, çok fazla da istemeye başlıyor. İstemek motivasyonu doğuruyor, geriye ise performans kalıyor. Yani iş, hayat, aşk ya da diğer yolculuklarda ZOR diye bir şey yoktur. Sevilen ve sevilmeyen şeyler vardır. Sevgi artınca engeli de azalıyor. Şunu da unutmamak lazım, çok hırslı olmak, çok sevdiğiniz anlamına gelmez. Hırslı olan kişi yolu sevmez, yolun sonundaki ego düzeyine sahip olmak ister. Herkes başarır.

Bırakın herkes hak
ettiği yerde kalsın.
Fazla verince zarar,
az verince gaddar
oluyorsun.

Beklentisiz Düşünceler

Ne alaya alırım hayatı ne de fazla ciddiye. Ne gaza gelirim olanlardan ne de ucunu bırakırım. Canımın istediğini değil, ruhumun dilediğini yaşamaya çalışırım. Kimseye düşman demem, herkese selam veririm. Ama hepsiyle ilişkim gönüllerindeki kadardır. Ne verirlerse onu alırlar. Sadece kötülükleri beni bulmaz, onu yapana da duvar örerim. Başkasının sahip olduğunda yoktur gözüm, bilirim ki şimdilik var. Kimsenin de yokluk çektiğine üzülmem, bilirim ki şimdilik yok. Eğer yardım gerekirse kalbime, iş gerekirse aklıma sorarım. Hayatıma gelen gidebilir, kalmak isteyene de yer veririm. Ama kimsenin yeri için de kendi yerimden vazgeçmem, yanım yeterse kabulüm, değilse misafirim olur. Herkesin hayatındaysa tadımlık olurum, doyurmam kimseyi ağırlık yapmasın diye. Ne fazla gelirim ne de az kalırım. Bir gün öleceğim herkes gibi o yüzden toplamam eşya ya da fazladan insan, sadece insan severim. Ve sevdiklerimin kalbini emanet alır, kendi kalbimi de emanet ederim. Allah sorduğunda ne getirdin diye, tek bir cevabım olsun yeter:

SENİN İÇİN SEVDİM.

Git! Kimsenin haberi
olmadan, hatta
senin bile.

Vazgeçmek ve Kazanım

Bilmediğin yerlerde kaybol. Her şeyi bırakmanın gücünü hisset. Ben yokken diye başlayan cümlelerden kurtul. Bazen git ve olandan, olacaklardan haberdar olma. Kim güler kim ağlar diye de dertlenmeden git. Bilmediğin yerlerde, bilmeyeceğin şeylere git. Geri döneceğini bilmeden git. Neden, nasıl diye düşünmeden. Bırak ve git. Hep gidemediğimiz için, vazgeçemediğimiz için bu alışkanlıklar. Kimsenin haberi olmadan, hatta senin bile. Sadece GİT. Bil ki bir Güneş ve bir Ay karşılayacak seni. İkisi de tanıdık, yetmez mi?

Sendeki nasıl bir sevgi?

Karşılıksızlık

Nasıl bir sabırdı sendeki, nasıl bir teslimiyet? Lafı hoşumuza gitmeyene dudak bükerken, sen herkeste iyi bir yan aradın. Nasıl bir sevgiyse sendeki, biz istediğimiz olmadığında sevgisiz bırakarak cezalandırırken, sen yanlış yapanın doğru olmasını bekledin. Nasıl bir inanış sendeki, biz işler iyi gidince unutup, kötü gidince yalvarırken, sen benden al, onlara ver dedin. Nasıl bir eş, nasıl bir baba, nasıl bir liderlik sendeki, biz egomuzla savaşırken, sen herkesi Allah için sevdin.

Bir kez olsun kendini
dinle ve yola çık!

İnanç

Aynı mekânlarda, aynı insanlarla aynı şeyleri tekrarlamaktan bıkmadın mı? Yaşadığın koca şehrin fark edilmemiş yerleri varken; bir eve, bir kafeye sıkışmaktan bunalmadın mı? Beyninde tekrarlanan ezberler yüzünden verdiğin zararları bir düşün. Hep aynı hareketler yüzünden hep aynı şeyler olacak diye inanan bir beynin var artık! Başka ihtimaller düşünmeyen zihninden sıkılmadın mı? Yapacağım deyip oturanları, boşlukları dolduranları görüp umutlanmadın mı? Yüreğinin götürdüğü yere git dediklerinde, evden çıkıp eve girmekten başka yol bulamadın mı?

Dur ve düşün... Bugün
yaşadığın sıkıntı uçar
gider senden elbet.
Sen dik durmasını
bil yeter ki.

Boşluksuz Hayat

Üzerinde gökyüzü, ayağının altında toprak var. Sana düşen bazen yürümek bazen de koşmak. Sakın durma, dinlenmenin dışında bu dünyada. Duranlar geri gider, yerinde saymaz bu diyarda. Beyin bu, boşa alınca geçmişi fragman yapar. İşte o zaman her düşünce seni yarından alıkoyar. Her dert anını dinlenme zamanı yap. Dur ve düşün, sana uğrayan sıkıntı başkasından gelmiştir ve senden de uçar gider. Kimine meltem gibi eser, kimine de fırtına olur. Sen dik dur; meltem serinletir, fırtına da korkutur. Hep güneşli olmaz, arada soğutur.

"Merhaba" diyerek tanış
yeni olan her şeyle.

İçten Söylem

Bazı kelimeler vardır, arkasından kötülük gelmez. "Merhaba" onlardan biridir. Öyle güçlüdür ki "merhaba", karşıdakine umut verir. Söyleyene de sorumluluk. İstesen de kısık sesle söylenmez "merhaba", çünkü dostluk, arkadaşlık, şefkat, samimiyet taşır. Ne önceden tanımış olmak gerekir ne de yabancı. "Merhaba" tanışmaktır, tanımaktır. Bazen insanlara, bazen hayvanlara, bazen gökyüzüne, bazen de yeni kararlara söylenir. Adı üstünde "merhaba" yeni olan her şeyle tanışmaktır.

Acele yaşıyoruz her şeyi.

Samimiyet ve İnsanlık

Trafiği gibi kalpleri de sıkışık dünyanın. Arkadan korna çalan araç gibi yüreklerimiz. Acele et diyoruz. Çabuk say beni, sev, hatırla ve ilgi göster. Acelem var diye makaslara giriyoruz. Ne samimiyet kemerimiz takılı ne de iyilik sinyali veriyoruz. Ne empati aynalarını kullanıyoruz ne de öfke frenlerine basıyoruz. Ayağımız ego gazında, tüm bencil viteslerimiz hep ileri. Statü arabalarının kıskançlık modellerine biniyoruz. Plakada adımız yazıyor. Yolumuz İNSANLIK. Sürekli kaza yapıyoruz. Bilanço ağır: İnsanlık öldü, umutlar yaralı.

Her duyduğuna
inanma, her
gördüğünü de
gerçek zannetme.

Emeksiz Düşünce

Tembel zihin sorgulamaz, araştırmaz, çünkü yorulmak istemez. Ne duyarsa inanır, ne görürse gerçek zanneder. Ne laf anlatabilir ne de başka gözden baktırabilirsin. Onlar bakış açısı bilmez, kendi gözlüklerinden herkeste olsun isterler. Anlamak değil, duymakla yetinirler. Sürü psikolojisine yatkınlardır, kalabalıktan güç alırlar. Kendi gibi olanlara inanır ve teslim olurlar. Her fikrini kendi namusu gibi savunur, karşı olduğu düşüncelere namussuz gibi bakarlar. Onlar hiç yorulmazlar düşünmedikleri için. Bir de çok konuşurlar anlamadıkları için.

Yeter ki verdiğin
sözü tut! Kelimeler
uçar gider...

Sade İnsanlık

Seviyorum demek, söz vermektir arkadaş! Yanındayım her zaman demenin başka yoludur. İkimiz için de yaşayacağımın kısaltılmış halidir. Birlikteliğe gönüllü olmak, tek başınayken birbirimizi düşünmeye adanmaktır. Sevmek zordur arkadaş! Sevebilmek, insan olmaktır, sevilmek ise insan kalmaktır. Bana "seni seviyorum" deme, kelimeler uçar. Sen verdiğin sözü tut yeter. Ben beni sevebilmende değilim, sözünü tutup insan olabilmendeyim. En azından kim diye soran olursa; adı önemli değil, kendi İNSAN diyeyim.

Zaman ilacın olsun...

Zaman ve Algı

Alıp götürürsün ne varsa, artık hesaplaşmaya bile ihtiyaç duymazsın. Sadece o gün gelecek diye beklediğin zamanlara üzülürsün ama o da geçer. Böyle soğur her acı ve böyle son bulur acı sahibi. Anlarsın ki zaman sadece zanlarını sıcak tutmuş. Hani derler ya zaman her şeyin ilacı. Meğer beklettikçe acıları, soğuturmuş. İçimiz işte, ne severmiş kendini pişirmeyi. Yıllarca servis edip durduk her gördüğümüze. Mönüde geçmişimiz, hesabı hep bize. Herkes bilsin ki acı soğur, geçer. Onlar malzemeleri verir; pişiren de biziz, hesabı ödeyen de!

Kapanan kapıları
yüzüne kapanmış
zannetme, o kapılar
seni çok daha büyük
bir hayata götüren
labirentin duvarları...

Hayat Yolculuğu

Hayat labirent gibidir. Sıkışmışlık hissi verir bazen. Çıkışı bulmak için girmediğin yol, denemediğin yöntem kalmaz. Kimi zaman geri teper, yanlış yol zannedersin. Aslında oradan gitmemeyi öğrenirsin. Kimi zaman da yorulur, dinlenirsin, aslında o an öğrendiklerini hafızana indirirsin. Kimi zaman da sonuca gidersin, sevinirsin. Aslında ödül sonuca varmak değil, yerinde saymamanın verdiği hazdır. Her deneyim, ilerisi için bir gelişimdir. Koşmak için önceden yürümüş olmak, yürüyebilmek için emeklemiş olmak, emekleyebilmek içinse gözlemlemiş olmak gerek. Hepsinin başına da istek ve merak gerek.

Erkekler kadınlara liman olmayı severler. Kadınlarsa yüklerini boşaltacak limanları iyi seçer, çünkü sürekli demir atmayı sevmezler.

İnsanın kendisinden beklentisinin artma halidir mutluluk. Mutsuzluk ise kendisinden beklentisinin azalıp başkasından beklentisinin artma halidir.